소소하게 찬란하게

소소하게 찬란하게

오지영 지음

몽스북
mons

보고 싶은 얼굴

거울을 들여다볼 때마다 엄마의 얼굴을 봅니다.
엄마의 나이가 되고 나서는 그토록 보고 싶었던 사람을
이렇게 매일 만납니다.

Prologue

순간의 글을 모았다.

패션모델로 런웨이를 걷던 순간,

그와 매일 찻집을 오가며 연애하던 순간,

엄마를 잃고 나 또한 사경을 헤매던 순간,

새로운 생명이 배 속에서 꿈틀거리며

말을 걸어 오던 인생의 순간들부터

아이들과 웃던 순간, 남편과 다투던 사소한 순간들까지.

낡은 일기장에서,

서랍에 잠자던 노트북에서,

잊고 있던 기억 속에서 하나씩 꺼내 모았다.

그리고 앞으로의 삶에 대한 바람도 적어보았다.

나는 나를 잘 알지 못한다.

어떤 날은 고요함과 평화가 가득 차오르지만,

또 다른 나는 유리 파편보다도 깨지기 쉽고 날카로운 사람이다.

그런 매일의 나를 바라보며 글을 써 내려간다.

그리고 그 글을 통해 나를 더 알아가려 한다.

어쩌면 이 책을 읽는 독자들은 나보다 나를 더
잘 아는 사람이 될 수도 있겠다.
나를 보여주는 것이 사실 부끄럽기도 하다.
부끄럽지만 용기 내어 건네고 싶다.

순간순간 속에서 햇빛처럼 떠오르며 나를 지켜준 마음의 토막들을
혼자 가지고 있기엔 아까우니까.
내가 느낀 것을 나누고 싶어 용기를 내본다.
내 상처와 행복의 순간들이 한 사람 한 사람의 마음에도 꽃이 된다면
나는 부끄러움을 무릅쓰고 다가가, 먼저 인사를 건네고 싶다.

어쩌면 나보다 더 상처받았을 그대와
나보다 더 인생의 기쁨을 맛보는 그대를
두 손 벌려 안아주고 싶다.

2020년 1월 오지영

Contents

prologue 10

13

Contents

15

Part 1

이렇게 사는 맛

난 그냥 이렇게 남들과 다르게 주근깨 가득,
주름 가득으로 살아봐야지.
좋은 걸 누리고 살았으니 페이백 해야 하잖아.

도마

§

10년 된 도마를 버렸다. 버릴까 말까를 수십 번 저울질한 후였다. 싱가포르 날씨가 워낙 습기가 많아서 여기저기 까맣게 곰팡이가 피어 있었다. 잘 아는 목수에게 가져가 겉 부분을 좀 갈아 달라 부탁할까도 생각했으나, 가족 건강을 생각해 버리기로 마음먹었다. 직접 버리지도 못해 다른 사람에게 버려 달라 부탁까지 했다. 10년간 거의 매일 요리를 하며 이 도마를 썼으니 녀석은 몸값을 톡톡히 해낸 셈이다.

처음 녀석을 데려왔을 때, 늠름한 왕자님을 보고 있는 듯했다. 나뭇결이 곱게 살아 있는 표면을 쓰다듬으면 제대로 칼질을 하고 싶다는 생각이 들었다. 아루굴라, 토마토, 오이…… 샐러드를 만들 때면 녀석과 요리하는 게 행복할 정도로 그 색이 예뻤다. 그릇에 담아 놓은 것보다 훨씬 나은 듯해, 과일을 썰어 도마째 내놓곤 했다.

자동차 광고 촬영으로 간 호주 브리즈번에서 녀석을 만났다. 촬영 스태프들은 그 무거운 걸 어떻게 들고 비행기를 탈 거냐며 걱정을 했다. 그러나 그런 걱정 따위는 이 녀석을 두고 돌아간다면 남은 날 동안 얼마나 후회를 할까라는 걱정의 반의반에도 미치지 못해, 자식을 품에 안 듯 도마를 한가슴으로 껴안고 호텔 방으로 돌아왔다.

난 요리에 미쳐 있었다.

식물인간이 된 엄마를 두고 매일매일 빵을 굽고, 파스타와 샐러드를 만들었다. 그나마 요리를 하고 있을 때면 엄마를 잊을 수 있었기 때문에. 아니, 사실 늘 요리하던 엄마의 맘을 읽는 거 같아 마음이 편해졌다.

욕창 걱정에 제대로 옷을 입히지도 못해 반나체로 누워 있는 엄마를 보며 아빠는 쌍욕을 섞어가며 일어나라 소리지르고 화를 내곤 했다. 그 광경을 보고 돌아오면 내 맘을 쉽게 삭일 수가 없었다. 가슴이 타들어 가 온몸이 먼지처럼 부숴질 것만 같았다.

슬픔은 자신이 무엇을 한다 해도 해결될 수 없다는 절망과 맞닥뜨리면 사람을 부숴뜨리는 괴력을 발휘한다. 그 괴력 앞에서 그나마 날 지탱하게 만들려면 무언가에 몰두해야 했다. 빵 굽는 냄새, 마늘 익는 냄새, 가장 행복한 냄새들로 행복하지 못한 나를 위로해야 했다. 출장이나 여행 때 사 온 외국 요리 서적들을 밤새 뒤적이다, 아침 졸린 눈을 비비며 장을 보러 나갔다. 한가득 사 온 재료들을 끓이고, 볶고, 채 썰고, 삶고, 그렇게 바쁘게 하루를 보내면 마음이 조금이나마 편해졌다. 마음을 슬픔에 빼앗길라치면 얼른 도마와 칼을 잡았다.

또각또각―.

빛깔 좋은 도마 위에서의 칼질.

또각또각―.

구두 발자국 소리처럼 청명하다.

지금 이 순간 저기 어딘가 겨울 산속 외딴 절에서 들려오는 스님의 목탁 소리처럼.

오늘 몇 번이나 철렁했던 내 마음을 돌려놓는다.

오늘 낮에 내가 봤던 엄마의 싸늘해져 가는 몸뚱이가, 아빠의 찢어질 듯한 절규가 이 도마의 청명한 소리에 흐릿해져 간다.

바질, 민트의 향내가 더해지면 난 저 산중에 쌓인 하얗고 하얀 눈 속에 서 있었다.

도마는 날 그렇게 구원해 주곤 했다.

도마를 버려 달라 부탁하고 돌아서는데 엄마 앞에서 눈물을 흘리던 아빠의 쌍욕 소리가 들려왔다.

"이런 나쁜 년! 자식들 속 썩이고 이게 뭐 하는 거야, 계속 누워서……. 일어나 봐. 일어나라고!! 이 육시랄 년."

'도마야…… 미안해, 잘 가.'

삼계탕

§

엄마가 세상을 떠나고 아빠만 남겨지자 혼자 남은 아빠가 늘 걱정이었다.

딸 셋 시집보내고, 남은 막내딸도 독립해, 둘이 오붓이 남아 있던 그 집에서 덩그러니 홀로 남아 손수 밥도 차리고 빨래도 해야 할 터였다. 예전부터 집안일을 잘 도왔던 아빠의 꼼꼼한 성격으로 보통의 다른 남자들보다는 잘 해내겠지만, 혼자서 남몰래 느낄 우울함과 외로움은 감히 짐작이 되지 않았다. 그런 상상을 할 때면 당장 달려가 아빠 옆에 있어주고만 싶었다.

매일 일이 바빠 챙겨주지 못해 미안한 마음에 이리저리 고민해 보다 한 가지 아이디어가 떠올랐다.

"아빠, 내가 무조건 수요일 오후 스케줄을 비울 거야. 그러니까 아빠도 비워. 그래서 우리 둘이 수요일마다 데이트하는 거야. 우리 맛집 기행 하기로 해."

그렇게 우린 수요일 오후마다 맛집 데이트를 했다. 이젠 나보다도 작아진 키의 아빠에게 팔짱을 껴보고 좁아지고 기울어진 어깨에 내 팔을 올려보기도 했다.

금수복국에 가서 뜨근한 복국 국물을 들이켜며 엄마도 이제 없는데 애인 안 사귈 거냐 슬쩍 물어보기도 하고, 평양집에서 소골을 주문하는 아빠에게 이런 보기도 흉측한 소골은 왜 좋아하게 됐는지 어릴 적 얘기를 물었다.

노무현 대통령이 단골이라던 토속촌에서 삼계탕 두 개를 시켜 맛있게 먹던 아빠가 얼굴을 찡그렸다.

"아빠, 왜? 맛이 없어?"

찡그린 얼굴 밑으로 잡고 있던 아빠의 숟가락이 떨리더니 꼭 감은 두 눈에서 눈물이 뚝뚝 떨어졌다.

"이년이, 이 나쁜 년이, 이렇게 맛있는 걸 못 먹고 갔어."

아, 갑자기 삼계탕 국물을 넘기던 나의 목구멍이 턱 막혔다. 아빠의 속상함이 나에게 와 닿아 삼계탕 국물 속으로 내 눈물도 뚝뚝 떨어졌다.

맞다. 숟가락으로 떠먹는 고소하다 못해 달콤하기까지 한 그 국물을 엄마는 다시 맛보지 못한 채 떠난 거였다. 이제는 좋은 것이 있어도 나눌 수 없고, 해주고 싶은 것이 있어도 해줄 수가 없는 거였다. 무언가를 나눠주고 싶고 사랑해 주고 싶은 그 존재는 이미 떠나갔다.

그렇게 사랑할 존재를 잃은 허전한 두 사람이 마주 앉아 삼계탕을 앞에 두고 아이처럼 울고 있었다. 이제 뭐든 살아남은 사람이 가질 수 있는 맛있고 즐거운 것을 대할 때마다 그리워하고 눈물을 흘릴 것처럼.

엄마를 그리워하던 아빠는 4개월을 못 넘기고 엄마를 따라갔다.

아빠가 떠나기 며칠 전, 난 연말 모델 행사에서 최고 모델상을 받게 되었다. 트로피를 받고 웃으며 앞으로 나가 소감을 이야기하는데 저 밀리서 굳은 얼굴로 나를 뚫어져라 바라보던 한 사람이 눈에 들어왔다.

세상 모든 사람은 암흑이 되고 그 작은 한 사람만이 밝아지는 순간. 막내 딸내미가 상 하나 받는 거에 감동받은 아빠는 세상과 소통하지 않는 듯한 얼굴로, 온 우주가 마치 나인 것처럼 나를 바라보고 있었다. 내가 죽는 날까지 잊을 수 없을 그 표정은 오로지 부모가 자식을 바라볼 때만 나올 수 있는 것이었다. 그리고 그게 내가 아빠에게 준 마지막 선물이었다.

그러고 보니 참 우습다. 내가 받은 상이 아빠에게 준 선물이라니. 내가 행복하고 잘되는 것이 그를 위한 선물이라는 것이.

아빠는 크리스마스날에 세상을 떠났다.

아빠가 떠나던 날, 크리스마스이브 밤을 새고 아빠 생각이 나 유명하다는 설렁탕 집에서 설렁탕 한 그릇 테이크아웃해 새벽바람을 맞으며 아빠에게 갔다. 감기 기운이 있어 몸이 안 좋다는 아빠는 그래도 막내딸이 사 왔다는 설렁탕 소리에 엉금엉금 일어나 식탁에 앉았다.

"아빠, 나 남자 친구 생겼는데…… 프랑스 남자야."

사실 난 그 이전에 아빠에게 "딸이 외국인 남자 친구를 만나면 어떨 거 같냐?"라는 질문을 한 적이 있다. 그때 아빤 그냥 친구로만 지냈으면 좋겠다고 대답했었다. 그날도 아빠가 어떤 반응을 보일지 뻔히 알면서 눈치를 보듯 물어봤는데, 아빤 날 쳐다보지도 않고 설렁탕을 떠 넣으며 말했다.

"응, 그럼 점심이나 같이 먹자고 해."

예상과 다른 아빠의 반응에 기분이 좋아진 나는 빨리 남자 친구를 만나 이 이야기를 전해 주고 싶었다.

설렁탕 한 그릇을 다 먹은 아빠는 다시 쉬어야겠다며 침대로 갔고, 난 급한 마음에 "아빠, 난 그럼 간다"라는 말만 남긴 채 집을 나섰다. 그러고는 한나절이 흘렀을까. 언니에게 아빠가 응급차를 타고 수술실에 갔다는 전화를 받았고, 병원에 도착했을 때 아빠는 이미 숨을 거둔 후였다.

배가 고팠다.

이 허전한 마음을 채우기 위해서는 무엇이든 먹을 수 있을 것만 같았다. 아빠와 먹던 삼계탕이, 복국이, 양곱창이, 설렁탕이 먹고 싶었다. 상갓집 안에서 계속 밥을 떠 넣었다. 채워도 채워도 배는 불러오지 않았다.

"지영아, 이거 여덟 그릇째야."

"응, 괜찮아, 언니. 나 배고파."

"그럼 꼭꼭 씹어 먹어, 체할라."

"응."

텅빈 마음이 배고픔인 줄로만 알고 난 자꾸만 밥을 삼켰다.

맛있는 걸 함께 먹던 한 사람이 없다. 함께 울며 삼계탕을 먹던 남은 한 사람마저 떠나고 나만 혼자 남아 꼭꼭 씹어가며 밥을 먹고 있었다. 이제 난 삼계탕을 먹으며 눈물을 흘릴 이유가 둘이 되었다.

보리스와 함께 삼계탕을 먹었다. 눈물이 떨어질 줄로만 알았는데, 그가 앞에 있으니 또 그렇지만은 않았다. 여기 이 자리에 함께 점심을 먹자던 그 한 사람이 많이 그리웠지만 그래도 나를 사랑해 주는 또 다른 한 사람과 함께라서 또 행복했다.

삼계탕을 먹고 경복궁 산책을 하던 보리스가 탈이 났다. 몸에 맞지 않는 음식을 먹은 탓이었다. 좋아하지도 않는 음식을 날 위해 열심히 먹어준 이 사람이 너무 고마웠다. 그리곤 생각했다.

아빠 같은 좋은 사람을 만났으니 이제 편히 가셔도 될 듯하다고, 아빠가 사랑해 준 만큼 더 열심히 살아나갈 거라고, 삼계탕을 먹을 때마다, 무언가 맛있는 걸 먹을 때마다, 즐거운 일이 생길 때마다 함께하지 못해서 많이 아쉽겠지만, 함께 있다고 생각하고 꿋꿋이 살아보겠노라고.

더 잘해서 아빠한테 계속 선물 줄 거라고.

그리고 내가 데려온 그 남자는 삼계탕을 못 먹는다고.

이루어질 수 없는 결혼식

§

우린 아직 결혼식을 하지 않았다. 결혼식을 하지 않았으니 결혼사진 같은 것도 없다.

부모님을 위해서라도 결혼식은 하는 게 좋다고 하던데, 나에겐 부모가 없으니 결혼식을 굳이 해야 할 이유 하나가 없어졌다.

모델 할 때 잡지 화보 촬영으로 웨딩드레스는 원없이 입어봤고, 전문가에게 예쁜 메이크업이나 헤어를 받는 것도 셀 수 없이 많이 해봤으니 이런 일들이 되레 일처럼 느껴져 결혼식에 대한 동경이 없는 것도 한몫을 했다.

시부모님의 권유로 결혼식을 늦게라도 한번 해볼까 생각했지만 사는 곳은 싱가포르이고 친구들은 한국에, 남편 친구들은 프랑스와 세계 곳곳에 뿔뿔이 흩어져 있어 장소를 정하는 것부터 머리가 아파

관두었다.

결혼식은 하지 못했지만 그 비용으로 대신 남편과 많은 곳을 여행할 수 있었다. 결혼사진 대신 세상 곳곳의 예쁜 사진들을 많이 갖게 되었으니 잃은 것만큼 얻어 온 셈이다.

결혼반지도 받지 않았다. 요리를 좋아하니 다이아몬드 반지 대신 언젠가 다이아몬드처럼 빛나는 부엌을 선물해 달라고 농담 삼아 이야기하고 반지 비용도 아껴보기로 했다. 그리고 몇 년 지나 남편 사업이 좋아진 후, 집을 인테리어하면서 다이아몬드만큼 아름다운 부엌도 선물 받았다.

매일 아침, 저녁을 부엌에서 보내니 몇 번 끼다 금고 안에 들어가 있을 반지보다 그 다이아몬드 같은 아름다움을 만날 일이 훨씬 많다.

결혼은 남편에게 내가 먼저 물었다. 결혼식이나 혼인 신고를 하겠다는 게 아니라 가족이 갖고 싶다고 했다. 부모님이 떠난 후 난 가족을 잃었으니 이제 그걸 하나씩 얻어야겠다고. 이미 남편과 함께 살고 있었으니, 나에게 결혼은 한 것이나 다름없었다. 내가 의미한 건 아이를 갖고 싶다는 말이었다.

우리가 결혼한 거라 하면 그게 결혼이지, 종이 서류와 결혼식이 꼭 필요하진 않다고, 어차피 혼인 신고하고 떵떵거리며 결혼식 해도 마음 돌아서면 다시 이혼 신고하고 헤어지지 않느냐고 말했는데, 남편을 따라 싱가포르로 이주하면서 그 중요하지 않은 종이가 비자 문제로 중요한 것이 되어 혼인 신고를 했다.

결혼식의 추억 못지않게 둘만의 예쁜 여행 추억이 있고, 다이아몬드보다 빛나는 부엌도 있으니 결혼식에 대한 미련은 아직까지도 없다.
보리스도 나만큼이나 결혼식에 관심이 없어 보인다.
결혼식은 둘 중 어느 하나라도 좋아해야 할 수 있는 일인데 둘 다 관심이 없으니 이 생애에 우리 둘의 결혼식은 없을 듯하다.

행복하면 안 되는가

§

재미있게 읽은 한 에세이에서 "염치 불구하고 난 조금 행복한 편이다"라는 문구를 읽었다.

생각해 보니 행복한 것이 미안한 것이라는 생각을 하고 있었던 거다.

왜 우리는 서로 행복하다고 자랑하지 못할까.

왜 만나면 누가 더 불행하고 누가 더 힘들게 사는지 경쟁이라도 하듯 이야기하면서 동정심을 유발해야 할까.

가지고 있는 행복을 감추고 그것이 들킬까 봐 어떻게라도 슬프고 힘든 일을 억지로 찾아내 '나도 사실 너희 편이야'라고 말해야 할까.

왜 자꾸 행복한 일에 잘되었구나 하고 손뼉 쳐주지 못하는 사회가 되어갈까.

한 친구가 점심을 먹는 내내 남편과의 불화에 대해 털어놓았다.

"응, 힘들었겠다."

자세히 들어보면 친구에게도 잘못은 있지만 여기서 "네 잘못도 있는데"라고 말을 하면 큰일 날 상황이니 그냥 이렇게 마무리 짓는다. 그때 친구가 "너는? 잘 지내, 남편하고?" 하고 물었다. "응, 우린 너무 좋은데"라고 대답하고 나니 분위기가 싸하다. 잠시 무언가 보리스의 흉을 볼 꼬투리라도 찾아야겠다고 생각하다가 이내 그만두었다.

정석은 그랬다.

친구가 남편 때문에 힘들다고 할 때 "나도 무지 힘들어"라고 해야 했다. 하지만 그날 쏟아지는 그 친구의 남편에 대한 비방이 엄청나서 나도 그 비슷한 걸 찾아내기엔 그 양이 너무 미약해 그걸 꺼내는 것조차 우스운 일이 될 거 같았고, 그 친구 얘기에 몰두하느라 내 차례를 준비하는 것도 그만 놓쳐버렸다. 무엇보다도 그런 이야기들을 하고 싶지 않았다.

보리스에게도 작은 흉은 있다. 그렇지만 그 흉을 들춰내기에는 좋은 점이 더 많은 사람인 데다, 난 그보다 더 많은 흉을 가지고 있으니 할 말이 별로 없다. 그리고 그는 최소한 다른 사람에게 나의 흉을 보는 일은 하지 않으니 나 또한 그 예의는 지켜줘야 한다고 생각한다. 사랑하고 소중한 사람을 친구들과의 관계 유지를 위해 팔아먹을 순 없는 일이니.

항상 깊은 대화로 시간 가는 줄 몰랐던 순간들은 남의 험담이나 자신의 불행함을 이야기하는 시간이 아니었다. 사회 문제나 환경 이야기, 영화나 문화 이야기, 책 이야기……. 험담이나 자신의 불행을 토로하지 않는 대화에도 할 이야기가 엄청나게 많이 있다. 그리고 그렇게 이야기를 하다 보면 나도 무언가 더 배우고 더 읽고 더 관심을 가져야 할 것이 많구나 하며 각성하게 된다.

사람들을 만날 땐 "난 어제 이런 일로 행복했어"라고 누군가 말하면 옆에서 함께 웃어주고 행복해하고 사랑하는 법을 배우면 좋겠다. 행복하다고 말하는 것이 눈치 보이고, 행복하다는 말이 자랑처럼 들리고 오만해 보인다면 문제가 있다.

가끔 "오늘 너무 예쁘세요"라고 말을 해주면 예전에는 "아니에요, 화장발이에요" 혹은 "제가 뭐가 예뻐요. 예쁜 사람이 얼마나 많은

데" 혹은 "어머, 왜 그래요? 쑥스럽게"라고 대답했었다. 그냥 "감사합니다"라고 말을 하면 그만인 것을.

잘난 체하는 것처럼 보여 날 이상하게 생각하지 않을까. 남의 눈에 보이는 내가 걱정돼 남들이 해주는 칭찬 하나를 받을 수 없는 얇고 부끄러운 마음. 내가 행복한 걸 보이면 안 된다는 말도 안 되는 겸손의 미덕.

햇살을 받으며 걷는 일이 행복하고

친구와 함께 나눠 먹는 점심이 행복하고

어제 남편과 싸웠는데 오늘 아침 얼굴을 보니 웃음이 터져 행복하고

아이가 나를 안아줘서 행복하고

오늘 저녁 된장찌개 끓는 소리에 행복할 테고

아직도 읽을 책이 한가득이라 행복하다.

이런 일들로 조금씩 행복한 내가 염치 불구하고 싶지는 않다.

난 행복할 권리가 있다.

행복하지 않은 일들보다 행복한 일을 더 많이 생각하며 살려 한다.

그럴 때마다 염치 불구할 수는 없지 않은가.

265

§

초등학교 4학년 때 내 발 사이즈는 이미 250mm였다. 당시 한국에서 찾을 수 있는 기성 신발의 가장 큰 여성 사이즈는 245였으니, 작은 신발에 무조건 발을 구겨 넣는 수밖에 없었다. 옛날에 중국에서는 발이 작아야 미인이라서 어렸을 적부터 발이 자라지 않게 꽁꽁 묶어놓았다는데, 나는 발이 더 이상 커지면 신을 신발이 없기 때문에 어쩔 수 없이 작은 신발로 꽁꽁 묶어놓아야 했다. 게다가 신발 욕심은 어찌나 많았는지 (뭐, 이건 지금도 그렇지만) 예쁜 신발은 발에 맞지 않아도 무조건 사서 신고 보는 격이었다.

중학교 2학년 때쯤 친구를 따라 교회 여름 수련회를 간 적이 있다. 샌들을 신고 계곡에서 친구들과 놀고 있는데 한 남자아이가 내 발을 보고는 "으악, 공룡 발이다" 하며 놀려대기 시작했다. 아이들이 우루루 몰려와 내 발을 쳐다봤다. 작은 샌들 밖으로 튀어나온 긴 발가락들에는 울퉁불퉁 굳은살이 마디마다 박혀 있었다. 뭐 그리 창피하지는 않았지만, 그날 내 발에 놀라는 아이들에게 충격을 받은 건 사실이다.

모델 일을 하기 시작할 무렵에는 발 사이즈가 이미 255가 되어 있었다. 그래도 철없을 때처럼 예쁜 신발을 신겠다고 작은 신발에 억지로 발을 구겨 넣는 일은 하지 않았다. 웬만하면 맞춤집에서 주문을 하고 남자 운동화를 신고 다니면 되는 일이었다.

문제는 모델 일을 할 때였다. 잡지 화보를 위해 준비해 놓은 신발이라든지, 쇼장에 있는 신발들은 웬만하면 사이즈가 작았다. 250 사이즈를 받으면 그것도 다행이지만 신인 때는 선배 언니들 눈치 받으며 250 사이즈도 건져 오지 못하고 245를 신기도 했다. 특히나 작은 사이즈의 하이힐을 신어야 할 때면 발이 잘려 나갈 것처럼 아팠다. 그래도 작은 사이즈의 신발을 신고 씩씩하게 무대 위로 걸어나갔다. 참 신기한 건, 쇼에 나가기 전까지도 잘릴 듯 아프던 발이 무대 조명을 받고 관객 앞으로 도도히 걸어갈 때는 아픔이 느껴지지 않았다는 거다.

잡지 촬영 때도 마찬가지였다. 카메라를 응시하면서 자신만만하게 포즈를 취하다가도 포토그래퍼가 카메라를 놓으면 작은 신발부터 벗었다. 그렇게 혹사당했던 내 발은 이곳저곳 굳은살투성이의 진정한 공룡 발이 되어갔다.

모델 일을 그만두고 싱가포르에 정착하여 산 지 4~5년이 지났을 때인가 보다. 255이던 발이 더 자란 걸 알게 됐다. 이런 265! 사실 발이 더 자란 것은 아니었다. 늘 작은 신발에 구겨 넣어서 굽어졌던 발가락들이 펴지기 시작한 거였다. 싱가포르로 이주한 뒤 조리라고 불리는 플립 플랍을 매일 신고 다녔더니 발가락이 평평해지고 발가락 관절 위에 박혀 있던 굳은살들이 없어졌다. 발가락이 자유를 만끽하기 시작한 지 5년이 되자 신통하게도 스스로 알아서 치유가 된 것이다. 내 발이 이렇게 예뻤나. 물론 사이즈는 남자 발처럼 크지만 울퉁불퉁하지는 않으니 내 눈에는 이보다 예쁠 수 없었다. 그리고 한동안은 예쁜 발 만들기에 빠져 갖가지 색들로 페디큐어를 했다. 빨간색 페디큐어를 바르고 샌들을 신으면 바라보는 나 자신마저도 흐뭇해졌다. 섹시하고 패셔너블한 여성이 된 듯해서였다.

지워지면 다시 바르고 지워지면 다시 바르고, 페디큐어와 매니큐어를 그렇게 생활화하던 어느 날, 페디큐어가 벗겨진 틈 사이로 노랗고 못생겨진 발톱이 보였다. 발가락이 왜 이래. 멀쩡한 발을 작은 신발 안에 꽁꽁 묶어놨던 그때처럼 내가 또 못살게 구는 건가. 페디큐어를 멈추고 매일 목욕 후에 발가락 사이사이를 코코넛 오일로 마사지해 주고 노랗게 뜬 발톱에는 티트리 오일을 발라 소독을 했다. 그동안의 혹사를 사과하는 마음으로 정성스럽게 꾸준히 발랐다. 쭈글거리고 못생겼던 발톱들이 차츰 연분홍색의 바듯한 발톱이 되어갔다.

페디큐어 없이도 예뻐진 발에 대한 보상으로 265 사이즈의 예쁜 샌들 하나를 나에게 선물했다. 요즘은 인터넷의 도움으로 한국에선 찾을 수 없는 265 사이즈의 예쁜 신발들을 해외 주문 사이트에서 사 신는다. 해외에는 나처럼 발 큰 여자들이 많이 살고 있는지 신고 싶은 내 사이즈의 신발들을 쉽게 찾을 수 있다.

샌들 속에서 깔끔하고 예쁜 분홍 발가락들이 나에게 웃으면서 인사하는 것만 같아 걸을 때마다 자꾸만 시선이 발로 향한다. 신호 대기에 서서 발을 바라보던 오늘 아침엔 나도 모르게 "안녕" 하고 인사말을 건넸다.

가슴

§

가슴이 봉곳이 올라오던 사춘기 시절, 가슴이 생기는 게 싫었다. 아니 쑥스러웠다.

어느 날 길을 지나가다 어떤 남자와 부딪쳤는데, 하필 가슴 쪽이 정확히 그 남자의 어깨와 심하게 부딪쳐 끙끙 앓았던 적이 있다. 창피해서 아픈 가슴을 아프다고 누구에게 말하지도 못한 채 혼자서 삭이던 기억. 그렇게 올라오던 가슴이 또래보다 많이 커졌을 때, 그 지나치던 남자랑 심하게 부딪쳐서 가슴이 이리 커진 게 아닐까 그 이름 모를 남자를 미워하기도 했다. 신호등에 파란불이 껌뻑껌뻑할 때, 혹은 학교에서 100미터 달리기를 할 때도 손을 티셔츠에 집어넣어 배를 불룩하게 하고 뛰곤 했다. 흔들리는 가슴을 다른 사람이 보는 게 싫어서였다.

난 가슴이 좀 많이 큰 편이었다. 어떤 사람은 부럽다고도 했으나, 나는 둔해 보이는 상반신이 영 맘에 들지 않았다. 어느 날 패션쇼를 마치고 백스테이지에서 주섬주섬 옷을 챙기고 있는데 잡지 촬영팀이 들어와서 인터뷰를 하자고 했다. 이런저런 질문을 몇 가지 하다가 "지영 씨, 그 가슴 혹시 수술한 거예요?"라는 질문을 받았다. 난데없이 옆에 있는 친한 모델이 "세상에, 수술을 하면 누가 저렇게 크게 해요?"라고 말을 해 난감했던 적이 있다.

결혼을 하고, 임신과 수유를 다 마친 후에는 사이즈가 많이 줄었다. 남들은 가슴이 작아져 속상하다 했는데 난 속이 후련할 정도로 좋았다. 가슴이 조금 작아지니 무거웠던 어깨가 펴지는 것 같았다.

싱가포르나 그리스에선 가슴이 깊이 파인 옷을 자주 입는 편이다. 한국에서는 조금 민망한 옷들이겠지만 그곳에선 아무도 신경 쓰지 않기 때문에 조금 더 스타일리시해 보이는 시원한 옷을 자주 입는다. 이런 습관 때문에 가끔 한국에 가면 내가 와이셔츠 단추를 풀어 놓는 개수에 깜짝 놀라는 사람들이 있다. 그러면 나도 놀라서 한두 개 다시 잠가주곤 한다.

이제는 수유로 인해 예전의 봉긋하고 예쁜 가슴 형태는 없어졌지만,

뭐 이젠 아줌마라 용감하니까 조금 처진 가슴이라도 자주 노브라를 선호한다. 브래지어를 하지 않으면 가슴이 뻥 뚫린 듯이 시원해서다. 심지어 소화도 잘된다. 가끔 체하거나 멀미 기가 있을 때 브래지어를 벗으면 언제 그랬느냐는 듯 멀쩡해지기도 한다.

교련 선생님이 아이들을 모두 일으켜 세워 한 명 한 명 등 뒤를 쓰다듬어가며 브래지어를 했는지 검사하던 중학교 2학년 때부터 코르셋처럼 꽉 조여 갑갑하고 힘들었던 내 가슴을 아줌마가 되어서야 해방을 시켜준다. 브래지어를 꼭 해야 할 일이 있다면 와이어가 없는 편한 스타일을 입는다.

내 가슴을 가장 많이 바라봤던 시간은 아이들에게 수유할 때다. 볼이 빨개져라 쪽쪽 빨다가 젖꼭지를 문 채 소곤소곤 잠이 든 아이들을 바라보던 순간들은 내가 여자이기에 간직할 수 있는 아름다운 기억이다. 이안이는 아직도 가끔 엄마 가슴을 찾는다. 이제 일곱 살이 돼가는데 계속 만지게 할 수가 없어 웬만하면 자리를 피하지만 부드럽고 말랑말랑한 엄마 가슴을 만지던 행복한 기억이 나에게도 있기에 만지지 말라고 호통을 놓치는 않는다.

내가 엄마 가슴을 마지막으로 만졌던 건 성인이 되어서였다. 낮잠을 자고 있던 엄마 옆으로 가 장난을 치듯 그 부드럽고 말랑한 것을 만져보았다. 다 큰 어른이 되어 엄마 가슴을 만지는 게 쑥스럽고 어색한 일이었지만 그땐 그게 그렇게 해보고 싶었다. 장난을 치던 내게 엄마는 살며시 웃기만 하고 뭐라 나무라지는 않았다.

엄마가 돌아가신 후에 난 그때 일이 내가 잘한 일 중 하나라고 몇 번이나 생각했다.

그러고 보면 여자의 가슴처럼 따뜻하고 사랑스러운 것은 없다.

늙은 엄마의 처진 가슴도, 아기에게 젖을 먹이던 젊은 엄마의 커다란 가슴도, 이제 막 봉긋이 올라온 사춘기 소녀의 가슴도.

40대의 다이어트

§

몸무게가 4kg이나 늘어버렸다. 한국 가기 전 조금 쪘나 싶었는데 한국에 가서 먹고 싶던 음식들을 모두 먹고 와 쪘던 몸무게를 한 번 더 굳힌 격이 되었다. 운동을 열심히 해보기로 했다. 하루에 세 시간씩 요가에 필라테스로 무리한 운동을 열흘 동안 하고 좀 빠졌겠지 하며 기대하는 마음으로 체중계에 올랐다. 웬걸, 1kg이 더 늘어버렸다. 요즘 왜 그런지 입맛이 좋다. 늘 그렇듯이 살이 찔 때면 대식가가 된다.

모델 일을 시작했던 스무 살부터 먹는 것과의 전쟁은 끊이질 않았다. 깡마른 모델들 사이에서 조금 통통하고 글래머러스한 스타일이었기에 스트레스는 더했던 것 같다. 주변에는 온통 먹어도 살 안 찌는 사람투성이었다. 내가 가진 것보단 남들이 가진 게 부러운 법. 통통하고 곡선 많은 내 몸은 싫고 오로지 가시처럼 마르고만 싶었다.

글래머러스한 슈퍼 모델의 시대가 가고 케이트 모스의 등장으로 마른 모델들이 스테이지를 장악하던 시대였다. 일을 하려면 말라야 한다는 강박 관념이 항상 머릿속에서 떠나질 않았다. 그 스트레스가 점점 더해 가면서 결국엔 내 몸이 부끄러웠다. 모델임에도 불구하고 남들 앞에 내 몸을 드러내는 일이 싫었고, 마른 몸이 되고자 매일매일이 다이어트의 연속이었다.

한번은 죽기 살기로 말라보겠다며 무조건 굶어서 10kg을 뺀 적도 있다. 그러자 내 입으로 들어가는 모든 음식에 거부감이 생기고 생리 또한 멈춰버렸다. 이건 아니다 싶어 다시 먹기 시작했더니 없어졌던 10kg은 그동안의 노력이 무색할 정도로 금세 돌아왔다.

꾸준히 운동하고 좋은 음식을 챙겨 먹으면서부터 다이어트와의 전쟁은 멈췄다. 물론 내가 원하는 깡마른 몸은 되지 않았지만 체중이 늘어나진 않았다. 내 몸에 대해서도 서서히 너그러워지기 시작했다.

그리도 아름다웠던 20대에 난 내 몸이 예쁜 줄 모르고 감추고만 싶어 했다니. 마흔이 넘어선 후에야 내 몸을 부끄러워하지 않고 자연스럽게 받아들이게 된 것이다. 어쩌면 그것은 몸에 대해 조금 더 자연스럽게 생각하는 프랑스 사고의 가족들 덕분일 수도 있겠다.

20대에 감추려고 했던 몸을 40세가 되어서야 당당히 비키니도 입고 몸에 붙는 옷들도 거리낌 없이 입곤 한다. 식사량이 많거나 호르몬의 영향으로 배란일이 될 즈음에는 2kg 정도가 더 찌기도 하고 아랫배마저 항상 더부룩이 불러 있다. 채식을 시작한 이후로는 섬유질이 풍부한 음식을 많이 먹어 아침에 평평했던 배가 저녁이면 남산만 해질 때도 있다. 오랜 경험 끝에 이런 것들도 자연스레 해결될 일이라 생각하여 그리 스트레스를 받지는 않는다.

예전 같으면 어떻게든 가려보려고 코르셋을 입고 아랫배에 힘을 꽉 주고 다녔을지도 모르겠다. 하지만 지금은 억지로 타이트한 브래지어를 하지도 않는다. 남들이 뭐라 하든 이게 자연스러운 몸인 것을, 다른 사람들의 눈을 호강시키기 위해 내 몸을 조여가며 혹사시킬 필요는 없다.

단점이 있는 것이 사람 몸이고, 그것이 그 사람만의 매력이니까. 언제부턴가 알리고 싶지 않은 단점들을 숨기지 않고 편안하게 보여주기 시작했고, 그때부터 나의 그 단점들이 매력적이라는 소리를 듣기 시작했다. 얼굴 가득한 주근깨라든가, 툭 튀어나온 광대뼈, 넓은 골반 같은 것들.

하지만 아직도 가끔 인터넷에서 젊고 날씬한 여자들을 보면 부럽기도 하다. '나도 저리 홀쭉한 허리에 복숭아 같은 엉덩이를 갖고 싶어…….'

마흔이 넘은 지금 그걸 보고 부러운 마음은 있지만 그렇게 되어보려고 애쓰지는 않는다. 정말 부러운 건 그게 아니다. 그들의 자연스러움이다. 왜 난 아름다운 20대를 부끄러움으로 가리고만 싶었을까. 남들보다 조금 더 굵은 허벅지, 조금 더 두꺼운 팔뚝을 왜 그리 미워했을까. 왜 그리 내 자신을 싫어했을까. 내가 가진 매력을 모르던 날들이 아쉬울 뿐이다.

사람들은 종종 나에게 40대의 다이어트에 대해 묻곤 한다. 20~30대의 다이어트는 갑자기 운동량을 늘리고 단백질 먹으면서 짧은 기간 안에 최대 효과를 볼 수 있는 편법들을 사용했다면, 40대가 되면 조금 더 현명하고 오래 지속할 수 있는 방법들을 택하는 게 좋다. 단백질 섭취가 무조건적인 답도 아니고 굶는 것도 예전처럼 쉽지가 않다. 조금만 에너지가 떨어져도 몸이 힘들고 운동할 의욕이 나지 않는 나이가 된 것이다. 적어도 40대부터는 매일의 삶 속에서 건강한 음식을 먹고 무리하지 않는 범위에서 운동을 하며 노후에 대한 대비를 해야 한다고 생각한다.

잘 쉬는 일도 운동 못지않게 중요하다. 오늘 일을 많이 했다거나 활동량이 많았다면 과감히 쉬어주고, 생활 속에서 운동량이 적다고 느낀다거나 몸에 활력이 넘치는 날엔 조금 심한 운동을 두세 시간 할 수도 있다. 가장 중요한 것은 밸런스다. 밸런스를 지켜줘야 스트레스도 줄일 수 있다.

40대는 외로운 전쟁터다. 주변만 돌아봐도 암에 걸렸다거나, 이혼을 했다거나, 부모님이 갑자기 쓰러지셨다거나, 실업을 했다는 이들을 만난다. 어제는 괜찮았는데 오늘은 전쟁터에서 하나씩 쓰러져가는 군인들 같다. 밑으로는 아이들을 끊임없이 돌봐주어야 하는 시기이고, 위로는 부모님의 건강이 신경 쓰이는 샌드위치 나이이기도 하다. 집집마다 커다란 스트레스 하나씩은 안고 사는 셈인데, 이런 정신없고 힘든 일상 속에서 자신을 지키고 돌보는 일은 자꾸만 뒤로 밀리게 된다. 이 많은 스트레스를 헤쳐 나가려면 자기 자신을 챙기는 일이 가장 먼저가 되어야 하는데도 말이다.

삶의 고단함을 겪으면서 현명함을 배운다. 그래서 40 대는 충분히 아름다울 수 있는 나이이다. 매일 적당히 움직이고 건강한 음식을 먹으면 내 몸이 나의 수고에 상을 주는 순간이 올 거라는 느긋한 마음을 갖기로 한다.

그저 매일이 행복하고 아프지 않는 몸이고 싶다.

문신

§

서울 성수대교 초입 부분을 속도를 내며 올라가는데 울퉁불퉁한 아스팔트와 돌멩이들 때문에 스쿠터가 균형을 잃고는 쓰러져버렸다. "어어어~" 하다가 쓰러진 스쿠터의 속도를 이기지 못하고 아스팔트로 몸이 한참 동안 질질 끌려 나갔다.

만약 그날 내 뒤로 차가 따라오고 있었다면 나는 아마 그 자리에서 즉사했을 것이다. 헬멧은 썼지만 멋을 낸다고 얇은 실크 바지와 블라우스를 입었던 나는 아스팔트에 왼쪽 몸을 갈아대고 있었다.

얼마나 이렇게 끌려 갔을까. 나를 짓누르고 있는 스쿠터를 올려 몸을 천천히 일으켜 세우고 내려보니 골반뼈 쪽으로 갈린 피부가 실크 바지에 뒤섞여 있는데 하얀 뼈마저 보일 지경이었다. 헬멧 밑 얼굴 부분과 팔 쪽 부분도 따가운 걸 보니 상처를 입은 듯했다. 스쿠터를 끌고 근처 병원까지 걸어가 병원 앞에서 거의 쓰러지듯 들어

갔지만 사실 나도 무슨 힘으로 어찌 병원까지 갔는지는 기억나지
않는다.

그 사건으로 난 골반에 커다란 흉터 하나를 얻었고 좋아하던 스쿠
터와의 인연도 끊었다. 팔과 얼굴은 그럭저럭 상처가 아물었지만 너
무 깊이 파였던 골반에는 아주 깊게 흉터가 남았다.

몇 년 후, 상처가 난 부분에 문신 하나를 새겨 넣기로 했다. 모델 일
을 하다 보니 몸에 있는 커다란 상처가 눈엣가시처럼 보여서였다.
문신을 하자니 조금 겁이 났지만 마음에 들지 않는 상처를 바라보
는 것보다는 조금 나을 테니까.

어떤 걸 그려 넣어야 하나 고민하다 평생 안고 가는 거라면 무언가
의미 있는 게 좋을 것 같아 떠난 아빠 이름을 넣기로 했다. 혼인 신
고를 얼마 앞둔 때라 프랑스 남자와 결혼을 하면 자신의 이름을 남
편의 성으로 바꿔야 한다고도 하니 내 성이 바뀌기 전에 아빠에게서
받은 이름을 결혼 전 여기에 새겨 넣자고 마음먹었다. 트렌드와는
전혀 맞지 않지만 아빠 이름이 내 몸에 있으면 왠지 나를 지켜줄 수
호의 의미가 되지 않을까 싶었다.

내 골반 위의 촌스러운 '나라 오昊' 자 한자는 이렇게 새겨지게 되었

다. 상처가 제법 커 작게 하려던 문신의 사이즈도 상처만큼 커졌다.
촌스러워도 아빠가 내 곁에 있을 거라고 생각하니 좋았다.

내가 가진 상처를 아빠가 이렇게 덮어줄 거라고. 남들에게 보여주기 싫은 부분도 이렇게 아빠가 내 앞에 서서 가려주는 거라고.

임신을 해서 만삭이 되었을 때는 배가 늘어나며 골반 위 문신도 함께 커졌다.

"와, 내 몸에 이 '나라 오' 자 정말 크지?"

커다래진 배와 촌스러운 문신을 내밀고 킥킥거리며 농담을 주고받기도 했다.

프랑스 남자와 결혼했지만 계속 한국 사람으로 남기로 결정했기에 내 이름은 그대로 오지영이 되었고, 임신을 했을 때 그렇게 커다래져 눈에 띄던 문신이 오랜 시간이 지나 이제 내 몸의 일부분처럼 느껴져 몸에 문신이 있는지조차 까먹을 정도다. 누가 "몸에 문신이 있네요" 하면 나조차도 잊고 있다가 깜짝 놀란다.

상처로 인해 나에게 커다란 문신 하나가 생겼지만, 다음 생애에 다시 태어나면 상처도 얻지 않고 문신은 하지 않을 거라고 생각해 본다. 이번 생애엔 어쩔 수 없이 문신 하나가 생겼지만 나의 수호 문신이 새겨진 이후로는 어려운 일 겪지 않고 소소하게 잘 살고 있으니 어쩌면 이 문신은 제 일을 해내고 있는 건지도 모르겠다.

여자는 스타일

§

줄리야, 길을 둘러봐봐. 아니면 창이 넓은 카페에서 지나가는 여자들을 쳐다봐.

어디 하나 예쁘지 않은 여자가 없어.

저 여자는 피부가 뽀얘서 참 고상해 보이고, 저 여자는 깨알 같은 주근깨가 건강해 보이고, 외모는 아닌데 행동 하나하나가 너무나 예뻐서 꼬집어주고 싶은 애교쟁이도 있고, 목소리가 근사해서 나도 모르게 그 여자의 이야기에 빠져드는 경우도 있지.

어리든 나이가 많든, 말랐건 통통하건 간에 모든 여자를 자세히 들여다보면 그 안에 어마어마한 매력들이 숨어 있어.

엄마 딸 줄리도 분명 그 예쁜 여자들 중 한 명이겠지.

만약 네가 욕심을 내서 그 예쁜 여자들 중 더 예쁜 여자가 되고 싶다

면 네가 가진 매력이 무엇인지 파악하는 게 중요해. 네가 가진 매력이 무언지 알면 너를 꾸미는 일이 조금은 더 쉬워지거든.

우선 자신의 몸을 잘 들여다보렴.

네가 엄마처럼 크고 글래머러스한 체형이라면 작고 귀여운 친구의 스타일이 매력적으로 보인다고 그 친구를 따라 하는 건 잘 어울리지 않겠지?

내 체형이 어떤지, 생활 패턴이 어떤지, 나를 잘 관찰해야 얻을 수 있는 것이 '스타일'이라고 생각해.

그렇게 공을 들여 나에게 맞는 스타일을 창조하는 일은 우리가 누릴 수 있는 커다란 기쁨인 거지. 브리지트 바르도가 시크한 아이라인을 하지 않았다면 지금처럼 유명해졌을까? 오드리 헵번이 그 짧은 앞머리를 길러 긴 생머리를 하고 펑퍼짐한 옷을 입었다면 그녀의 매력은 반 이상 줄었을 거야.

여자는 말이지, 음…… 무엇보다 스타일이 좋아야 해.

난 인형처럼 예쁘게 생기고 자신을 꾸밀 줄 모르는 여자보다, 못생겨도 스타일리시해서 매력적인 여자가 더 좋아.

글쎄, 어찌 될지 모르지만, 엄만 나이가 들어도 너와 스타일을 이야기할 수 있는 세련된 엄마가 되고 싶은 소망이 있어. 그때의 내 모습이 뚱뚱하고 나이가 들어 보인다면 영화 '007'에 나오는 엠 아줌마처럼 에지 있는 커트 머리를 하고 제인 버킨처럼 편안한 웃음을 연습할 거야. 그리고 네 옆에서 조잘조잘 패션을 운운하며 떠들어야지.

그리고 엄마는 나이가 들어도 네 아빠가 매력을 느낄 수 있는 여자가 되고 싶어.

많은 여자들이 함께 사는 내 남자 앞에서는 신경도 안 쓰다가 다른 사람과의 모임에 나갈 때만 메이크업에 공들이고 안 달던 비싼 주얼리를 주렁주렁 달고 명품 백 안고 오며 온갖 신경을 다 쓰는 말도 안 되는 실수를 하잖아.

날 예쁘다고 생각해야 할 가장 중요한 사람이 누구인지 잘 생각해봐. 가끔 만나는 친구들일까? 아니면 늘 내 옆에서 지켜봐주는 그일까. 친구들 만날 땐 노메이크업에 슬리퍼 신고 편안하게 나가도, 네 아빠랑 잠시 차 마시러 나갈 땐 안 쓰던 귀고리를 달고 립스틱도 바를 줄 아는 여자이고 싶어. 매일 바라보는 편한 얼굴이지만 가끔은 아직도 매력이 있는 여자라는 걸 알려줘야지.

아, 나이가 들어 스타일이 좋으려면 공부도 많이 해야 할 것 같아.

그저 겉모습만으로 승부하는 건 재미없잖아. 세상 일에 똑똑하고 현명한 것도 스타일이니까. 요즘 사람들이 말하는 '뇌가 섹시한 사람'. 스타일의 완성은 신발이나 가방이 아니라 그 사람에게서 나오는 많은 지식과 인품이라 생각해.

엄만 아직도 많이 부족하지만 스타일에 대해선 포기할 수 없는 사람이니 노력할 거야. 아름다운 견해와 인품이 넘치는 사람이 될 수 있도록.

줄리가 엄마 응원해 줘야 해.

엄마도 줄리가 멋진 여성이 될 수 있도록 늘 옆에서 응원할 거야.

어떡하니

§

한국에 갈 때마다 내 이름은 '어떡하니'가 된다.

얼굴에 가득 박인 주근깨, 기미를 보고 주변 사람들이 곧잘 하는 말.

"어떡하니?"

"이거 좀 어떻게 해."

"이거 지금은 귀여워도 늙으면 추하다."

"채소만 먹으면 얼굴 빨리 늙는대."

뭐 이런 류의 걱정들.

내 걱정을 해주시는 거라 고마운데, 나도 괜찮아 괜찮아 하다가 정말 그런가 하고 은근 걱정이 되기도 했다. 그렇게 '어떡하니'를 수없이 듣고 싱가포르로 돌아오는 비행기 안에서 생각했다.

'난 그냥 이제 내려놓고 자연스럽게 살아봐야지. 뭐 어떡하니라는 말을 백만 번 더 듣게 되겠지만 그만큼 내 생각을 해주는 거니까 사랑하는 마음은 받고 그냥 내버려둬야지.'

햇살 속에서 따뜻함을 느끼며 하늘 바라보는 일은 포기할 수가 없으니,

맛있는 채소로 배를 가득 부풀려도 편안한 위장을 포기할 수는 없으니,

난 그냥 이렇게 남들과 다르게 주근깨 가득, 주름 가득으로 살아봐야지.

좋은 걸 누리고 살았으니 페이백 해야 하잖아.

소박한 사람이 되고 싶다

§

소박한 사람이 되고 싶다는 꿈이 있다.

패션모델이라는 일을 하기에 남들에게 화려함을 보여주어야 하지만, 반면에 더 심플한 삶을 살아야 한다는 마음속의 울림으로 어떤 거리감 같은 것이 늘 함께한다.

지나치게 유명해지는 걸 싫어하면서도 많은 사람과 소통하고 싶다는 모순도 있다.

모델로 지내온 습성이 있어 패션에 민감하지만 이런 것들이 지금 나에게 꼭 필요한 것인지에 대한 의문으로 부끄러운 마음을 갖는 순간도 종종 있다.

어쩌면 나는 그렇게 모순투성이의 사람인지도 모르겠다.

화려한 직업을 갖고 있으면서 소박한 삶을 살려고 하는.

우리가 한 해에 소모하는 많은 옷은 결국 모두 지구를 괴롭히는 일로 생을 끝낼 것이다. 거대한 패션 산업을 위해 일을 하고 돈을 벌면서도 이것들이 과연 나와 우리를 위한 일인지 혼란스럽기도 하다. 어릴 적부터 옷 입는 걸 좋아했고 아름다운 것을 보면 흔들리는 마음을 지금도 버리지 못했지만, 조금씩 단조롭고 조화로운 삶에 가까워지길 바란다.

매일의 작은 삶 속에서 행복을 찾고, 자연의 소중함을 느끼는 따뜻한 사람이 되고 싶다.

아름다움을 사랑하는 나의 눈이 진정 가치 있는 것들을 발견하는 보석 같은 눈이 되어지기를.

삶의 기회

§

그 첫 번째 기회

유럽에서 모델 일을 하겠다는 꿈을 안고 파리행 비행기를 탔다.

지금은 모델들이 해외에서 활동하는 일이 흔하지만 1990년대 초중반이던 당시엔 한국 모델이 해외에서 활동하는 일은 거의 없었다.

용기 있던 나의 스무 살에는 누구도 시도해 보지 않은 일을 해보는 설렘과 스릴이 있었던 것 같다. 파리에 있는 에이전시 주소 하나를 달랑 들고 아는 사람도 없이 파리행 비행기를 탔다. 부모님의 걱정을 뒤로하고 해낼 수 있다는 의지 하나로 만든 일이었다.

한국에서의 모델 활동 사진들이 가득한 포트폴리오 하나와 돈 100만 원을 들고 파리에 도착한 나는 적절한 가격의 호텔을 찾아 방을 잡고 짐을 맡긴 뒤 무작정 샹젤리제를 걷기 시작했다. 그것이 파리에 처음 온 사람이 해야 하는 가장 근사한 일이니까. 난생처음 보는 파리는 아름다운 동화 나라 같아 걷다가 나도 모르게 제자리에 멈춰 서서 멍하니 지나가는 사람들을 구경하곤 했다.

그렇게 멍하니 사람들을 바라보고 있는데, 영화에서나 볼 수 있을 법한 멋진 옷을 입은 중년 신사가 내 앞에 우뚝 서서 물었다.

"어느 나라 사람이에요?"

"한국인이에요."

"학생이에요?"

"모델 일을 하고 싶어 왔어요. 에이전시를 찾는 중이에요."

"어느 에이전시를 찾고 있나요?"

"메트로폴리탄이라는 곳이에요."

중년 신사는 나를 한참 쳐다보더니 도움을 주겠다고 따라오라며 길을 앞섰다.

이국에서, 그것도 잘 모르는 남자가 무작정 따라오라고 하니 조금은 겁이 나기도 해 걸음을 옮기지는 못하고 그의 얼굴을 빤히 바라보기만 했다. 그도 나를 응시하며 조심스럽게 말을 이어갔다.

"해치지 않아요. 도움을 주고 싶은 것뿐이에요. 그 에이전시는 내가 잘 아는 곳이라 함께 걸으면서 데려다주려고 해요."

차를 타는 것도 아니고 걷는다고 하니 따라가보기로 했다. 한 20분을 걸었을까. 처음 보는 화려한 숍들이 가득한 세인트호노레 길을 거쳐 골목 여기저기를 지난 후에 내가 찾던 에이전시에 도착했다.

동경하던 클라우디아 쉬퍼가 소속되어 있다는 에이전시 메트로폴리탄.
눈이 동그래져서 사무실 이곳저곳을 구경하고 있는데 에이전시 대표가 내려왔다. 정말로 그 중년 신사와 잘 아는 사이였는지 서로 한참을 안고 양 볼에 키스를 하며 안부를 묻고는 나를 몇 분간 유심히 쳐다보더니 곧바로 계약서를 가지고 왔다.

"잘 읽어보고 이곳에서 일하고 싶으면 이 계약서에 사인해서 가지고 오면 돼요."

중년 신사는 나에게 "행운을 빌어요"라는 말을 남긴 채 에이전시를 떠났다. 후에 알게 된 것인데 그분은 향수를 제조하는 디자이너로 패션계에서 꽤 영향력이 컸다.

계약서를 받아 들고 호텔로 돌아왔다. 파리에 도착하자마자 이렇게 쉽게 일이 착착 풀릴 것이라곤 생각조차 못 했는데, 모든 일이 내가 원한 대로 이루어지다니 꿈을 꾸는 듯했다. 밤잠을 설치며 계약서를 하나하나 꼼꼼히 체크해 보기 시작했다. 영어사전을 찾아가며 한 글자 한 글자 조심스럽게 살펴본 후 다음 날 사인을 한 계약서를 에이전시에 들고 갔다.

에이전시에서 구해 준 아파트로 숙소를 옮기면서 세계 각국에서 온 키 큰 친구들도 생겼고, 이런저런 쇼와 잡지 촬영으로 돈도 조금씩 벌 수 있게 되었다. 그렇게 파리의 생활에 익숙해질 즈음 런던에서 일을 하며 커리어를 더 쌓아보자는 매니저의 제의가 있었고, 또다시 난 낯선 런던으로 떠나게 되었다.

런던에서의 반응은 좋았다. 아시안 모델이 흔치 않았던 때이기에 모두들 신비스럽다는 표현을 해주며 여기저기 불러주는 곳이 많았다.

〈보그〉에서 러브콜이 왔다.

유명한 사진작가가 한 달 후쯤 〈보그〉 화보를 찍을 일이 있는데 단독 화보를 찍어보자고 했다.

영국 〈보그〉라니. 그것도 표지 모델로 설지도 모른다니!

삼 주가 지나 다시 사진작가와의 미팅이 있었다. 하지만 모든 촬영이 취소되었다. 이유는 그 삼 주 동안 7kg이나 늘어난 내 살들 때문이었다. 영국에 도착한 이후로 남자 친구를 사귀게 되었고, 밤마다 데이트를 하며 스테이크를 썰고 치즈를 먹은 대가였다. 당시에는 다이어트와 운동에 대한 정보가 부족했다. 특히나 내가 먹었던 치즈와 빵, 소스 가득한 스테이크에 대한 정보는 더더욱 없었다. 무지한 나의 지식으로, 그저 한국 음식을 먹던 양만큼 그 음식들을 먹은 것뿐인데 내 살들은 그렇게 무럭무럭 자라났다.

그리고 일생에 한 번 올까 말까 한 나의 기회는 그렇게 지나갔다.

두 번째와 세 번째 기회

어릴 적부터 가수가 되는 게 늘 꿈이었다.

노래를 잘 못하는 엄마는 친구들과 함께 있는 자리에서 노래 부를 일이 있으면 나를 대신 일으켜 세워 노래를 시키곤 했는데, 그때마다 스스럼없이 벌떡 일어나 "노란 샤쓰 입은 말없는 그 사람이~~"로 시작해 "바람 부는 제주에는 돌도 많지만……", "안녕하세요, 또 만났군요……"까지 거침없이 옛 노래 메들리를 불러대곤 했다.

그런 나의 유년 시절은 학창 시절까지 연결되어 학예회 같은 행사가 있으면 늘 친구들의 지목을 받고 앞으로 나가 노래를 불렀다. 고등학생 시절엔 다른 학교 축제에 초청을 받아 무대에서 노래를 부르기도 했다.

모델을 하면서도 늘 가수가 되고 싶다는 꿈을 간직하고 있었는데 지인의 소개로 유명한 한 매니저를 만나면서 가수의 꿈이 현실에 조금 가까워지게 되었다. 매일 연습실에서 선생님들의 지도를 받으며 노래를 연습했다. 앞으로의 가수 활동에 대한 콘셉트를 잡기도 하며 하루하루 가수의 꿈을 키워갔다.

그러던 어느 날 느닷없이 홍콩의 유명 영화감독인 왕가위 측에서 연락이 왔다. 한국 잡지를 보던 왕가위 감독이 내가 찍은 화보를 보고 함께 일을 하고 싶다며 러브콜을 보낸 것이다.

가수 활동과 홍콩 활동 사이에서 갈등이 생겼다. 모든 사람이 다시 없을 기회를 잡았다며 먼저 홍콩 활동을 하면서 나중에 가수의 꿈을 펼치라는 조언을 보냈다. 그 조언들을 듣다 보니 먼 훗날 후회할지도 모를 이 기회를 꼭 잡아야겠다고 다짐하게 됐다.

그동안 가수 일을 준비하며 함께했던 매니저에게 솔직하게 말하기로 했다. 용기를 내어 말을 하고 나니 착한 매니저분은 아쉽지만 좋은 기회를 잡으라며 보내주셨다. 말은 쉽게 하셨지만 속상해하는 그 얼굴 표정을 읽을 수 있었다.

홍콩으로 갔다. 멋진 왕가위 감독님과 영화에서만 보던 유명한 배우들을 만났고, 홍콩 신문에도 왕가위 감독과 계약을 앞둔 신인 배우라며 나에 대한 기사가 실리기도 했다. 한국과 홍콩 사이의 중개 역할을 하는 분들이 스케줄과 통역을 맡아주셨는데, 앉아 있는 자세가 흐트러지거나 장난을 치거나 하면 행동을 조심하라는 말로 옆에서 조심스럽게 조언을 해주셨다. 나의 행동거지와 말투 하나하나를 모두 우아한 영화배우답게 고쳐주고 싶어 하셨다.

스튜디오 촬영을 하는 날이었다. 카메라 앞에서 슬픈 표정으로 연기를 하는 내 모습을 보고 왕 감독이 한국 매니저에게 밝은 표정도 찍었으면 좋겠다고 나에게 전해 달라며 부탁을 했다.
그걸 전달받은 매니저는 "지영아, 너 지금 너무 슬퍼. 지금 네가 너무 슬퍼……"라고 말을 했는데 난 지금 내가 아주 슬픈 상황이니 더 슬퍼해야 한다는 말로 받아들이고 더 슬픈 표정을 짓기도 했다.

조금씩 오해가 생기기 시작했다. 그리고 이런 오해들이 자꾸만 더 생길 것 같은 불안도 생겼다. 모두들 고마운 분이지만 무언가 사람들에게 둘러싸여 내 자신을 놓치는 것만 같았다. 그날 밤 내가 진정 원하는 것이 무엇이고 난 그것을 향해 제대로 가고 있는지에 대한 생각으로 잠을 자지 못했다.

다음 날 함께 온 한국 쪽 분들에게 계약을 하지 않겠다고 말했다. 내가 원하는 삶은 소박하더라도 행복하다고 느끼는 것인데, 이것이 내가 원하는 행복으로 향하는 삶인지를 모르겠다고.

한국으로 돌아왔다. 가수를 함께 준비하던 매니저 앞으로 달려가 돌아왔다고, 다시 시작하자고 말하고 싶었지만 그럴 수가 없었다. 미안해서였다.

그렇게 내게 찾아온 또 다른 두 개의 기회를 한꺼번에 놓쳤다.
하지만 기회가 늘 비껴 나간 것만은 아니었다.
대학에 갓 입학해 풋풋했던 신입생 시절, 학생 식당에서 밥을 먹고 있는데 학교 선배가 모델 대회에 나가지 않겠느냐며 나에게 서류를 들이밀었다. 아는 회사에서 하는 모델 대회 행사인데 우리 학교에서 열 명 정도를 추천하기로 했다면서.

재미있을 것 같았다. 대회에 참가했고, 난 기대하지도 않았던 대상을 받았다. 입시생들에게 그림을 가르치며 등록금을 겨우겨우 마련하던 나에게 몇천만 원의 상금과 계약금을 준다 하니 사양할 이유가 없었다. 인생에서 몇 번 오지 않을 커다란 기회를 잡은 거였다.

나의 모델 생활은 그렇게 시작되었다. 그리고 조용하던 나의 삶은 그때부터 조금씩 바뀌기 시작했다.

생각해 보면 인생의 수도 없는 기회들이 나를 기다리고 있었다. 아마 보통의 사람들보다는 더 많은 기회가 왔던 것일 수도 있겠다. 운이 좋아 그 기회를 잡은 적도 있고, 다 온 기회를 손사래 치며 돌려보내기도 했다. 어떤 날은 내가 그 기회를 잡았다면 현재의 나는 어떤 모습일까를 상상해 보기도 한다.

보리스와 둘이 조용히 누워 있던 그날도 "그때 내가 그런 기회를 잘 잡아 유명인이 되었다면 어땠을까?" 하며 이런저런 얘기를 했다.

"너를 만났을까?"

"아닐걸."

"지금만큼 행복했을까?"

"모르지."

지금처럼 행복했을지는 알 수 없는 일이다. 더 행복한 삶을 살고 있을지, 아니면 불행에 젖어 눈물을 흘리는 삶을 살고 있을지는. 그렇지만 한 가지 확실한 건 지금 이 순간 내가 서 있는 이곳이 난 참 좋다라는 것.

"난 지금 행복하니까, 하나도 안 아까워."

"응. 성공과 행복은 다른 것이지. 이 세상에서 가장 행복한 사람은 어쩌면 사람들이 이름조차 모르는 아주 평범한 사람일지도 몰라."

인생의 기회를 잘 잡으면 성공할 수는 있다. 그리고 그 기회로 인해 삶은 분명 달라질 것이다.

그렇지만 그 기회가 행복을 보장할 거라 생각하진 말자.

성공과 행복은 그 선을 같이 갈 수도 달리 갈 수도 있는 것이니.

선택

§

그러고 보면 내 인생의 모든 것은 선택이었다.

선택하지 말아야 할 것을 선택하기도 했고,

선택해야 할 것을 그저 지나친 적도 있다.

남들의 선택에 따라가기도 했고,

나의 선택에 누군가 함께하기도 했다.

하나를 가지면 하나를 버려야 하는 선택이 늘 주어졌고,

가슴이 시키는 대로 살아야 한다는 것도 배웠다.

제아무리 물이 흐르듯 살아가려고 해도

모든 것은 선택이었다.

내가 하는 선택으로 누군가는 눈물을 흘릴 수도,

누군가에겐 위로가 될 수 있다는 걸 알았고,

가끔은 가슴이 시키는 일을 하지 못하는 것도 알았다.

나의 선택이 조금 더 선한 방향으로 흐르도록,

가슴이 시키는 일을 계속할 수 있도록,

물이 흐르듯 살진 못해도 마음속에 흐르는 물을 따라갈 수 있도록,

그 물들이 차올라 마음속 깊은 곳에 풍요가 일어나기를 간절히 바

란다.

Part 2

이따금 생각합니다

꼭 알아야 할 일.
소중한 사람들은 소중히 다뤄줘야 한다.

한옥

§

어릴 적 우리 집은 한옥이었다.

서울 안암동 어느 언덕 위에 있던 우리 집은 뒤로는 아카시아 나무가 가득하고 집 앞엔 삼십 개쯤 되는 계단이 있었다. 그 계단을 따라 내려가면 내 유년 시절의 대부분을 보낸 작은 놀이터와 엄마가 사 주던 보름달 빵을 들고 웃으며 뛰어나가던 작은 구멍가게가 있었다.

한옥집은 아담했지만 여섯 식구 살기에 넉넉해 엄마는 건넌방을 세 놓았다. 건넌방에 살던 아저씨는 자개를 만드는 자개장이라 난 매일 아저씨가 작업하는 그 멋진 자개를 구경하며 옆방을 들락날락하곤 했다. 그때는 자개가 별거 아니라 생각했는데, 이제 와 생각하면 아저씨는 요즘 시대의 인간문화재였던 것이다. 그리고 난 그 아저씨 옆에서 최고의 예술품을 장난감 삼아 놀았던 거다.

한옥 마당에는 아침마다 물을 길어 세수하던 펌프와 작은 우물이 있었다. 아직도 그 우물을 생각하면 마음이 아픈 게 우리 집 강아지가 물을 마시려다 우물에 빠져 하늘나라로 가버린 사건이 있었다.

학교 갔다 돌아오면 제일 먼저 낑낑대며 반겨주던 강아지 녀석이 보이질 않아 집 안 구석구석을 "진돌아, 진돌아" 하며 찾아다니다 거의 포기 상태로 상심한 채 있는데, 복덕방 아저씨가 옆방 세 놓을 몇 분과 찾아와 집 안 이곳저곳을 보시다가 "여기 강아지가 우물에 빠져 있네" 하시는 것이 아닌가.

그 얼음장처럼 싸늘해진 녀석을 품에 안고 안암동에서 보문동 부모님의 일터까지 눈물을 흘리며 뛰어가던 그날을 잊을 수가 없다. 내겐 생애 처음으로 죽음을 목격한 날이었다.

며칠 후 아빠는 새로운 강아지를 들고 집에 왔고, 내가 매일 학교 가기 전 했던 일은 우물 안에 물이 가득 차 있는지 확인하는 일이었다. 그래야 강아지가 빠져도 다시 헤엄쳐 나올 수 있을 테니.

우물 옆 작은 부엌도 잊을 수가 없다.

우체부 아저씨가 배달을 올 때면 배고프지 않으냐며 양은 냄비에 라면을 끓여 내오던 엄마가 왔다 갔다 하던 그 작은 공간. 학교 갔다 돌아오면 제일 먼저 열어 젖히던 키 작은 냉장고까지.

어느 날은 배가 고파 냉장고 문을 열었는데 아주 요상하게 생긴 김치가 있어 맛을 보다가 너무 맛있어 멈추질 못하고 통에 담겨 있던 김치의 대부분을 쭉쭉 찢어 먹은 적이 있다. 그날 오후 일을 마치고 온 엄마는 옆방 아저씨가 맡겨놓은 갓김치가 없어졌다고 어떡하냐며 걱정을 했다.

마루 대들보 위에 엄마가 숨겨놓은 부르펜 시럽을 상자를 쌓고 의자를 쌓고 올라가 꺼낸 뒤 맛있게 한 병을 다 마셔버린 일도 있다. 그날 밤 엄마는 이 일을 알고 걱정을 하다가 내가 생각보다 멀쩡하다며 깔깔깔 웃으셨다.

봄이 되면 집 주변에 아카시아가 만발했다.

아카시아 냄새가 진동을 하면 언니들과 나는 사다리를 들고 동네 여기저기를 돌아다니며 아카시아 꽃을 따서 뒤꼭지를 물고 쭉쭉 꿀을 빨아 먹었다. 동네 친구네 집에서는 아카시아 꽃을 따다 튀김을 만들어 먹기도 했다. 그 맛은 바삭하고 고소했지만 특별히 아카시아 맛은 나지 않았다. 아카시아 꽃송이가 너무 예뻤던 튀김이라 지금도 아카시아 꽃을 보면 튀김을 해보고 싶다는 생각을 한다.

아카시아가 들어갈 즈음엔 반갑게도 사루비아가 피어줬다. 빨간 사루비아 꽃을 따 쭉쭉 빨아 먹으면 아카시아 진 게 또 아쉽지 않았다.

막내인 나는 언니들이 학교에서 돌아오기 전 혼자서 시간을 보내는 일이 많았다.

내 별명은 개미였다. 하루 종일 혼자서 개미를 바라보는 일이 제일 신나는 놀이였다. 언니들이 함께 놀러 가자고 꼬드겨도 한번 쳐다보기 시작한 개미들을 버리고 가지 못했다. 한옥집 앞마당에서도 집 앞 공터에서도 늘 쪼그려 앉아 콧물을 질질 흘리며 개미가 먹이를 함께 나르는 모습, 줄을 서서 가는 모습, 병정개미가 다른 병정개미와 싸우는 모습을 보는 데 몰입했다.

아, 콧물 이야기가 나와서 말인데 나는 정말 코찔찔이였다.

코가 나올 때마다 한쪽 팔로 쓱쓱 문질러대면 늘 오른쪽 볼과 오른쪽 팔이 코 범벅이 된 채로 까맣게 굳어 있었다. 언니들이 "지영이는 개미에 코찔찔이야. 제발 집에 가서 세수 좀 해"라는 말을 수없이 했던 거 같다. 그게 어린 나이에도 스트레스였는지, 어느 날은 엄마를 졸라 의사 선생님을 만나러 가자고 했다. 병원에 찾아가 별 이상이 없다는 의사 선생님의 말에 눈물을 펑펑 흘리며 근데 왜 자꾸 코가 나오느냐고 항의하기도 했다. 의사 선생님은 허허 웃으면서 엄마에게 오늘 지영이가 제일 먹고 싶은 걸 좀 해 주시라고 말씀하셨다. 그래서 그날 밤은 어묵국이 밥상에 올라왔다.

나의 코찔찔이 행실은 초등학교에 입학한 후 담임 선생님이 매일 왼쪽 가슴에 손수건을 달아주시자 멈추었다.

"지영이는 예쁜데 코를 자꾸 흘리네" 하며 옷핀을 이용해 가지런히 접은 거즈 손수건을 달아주시던 초등학교 일학년 선생님도 내 유년 시절의 빛나는 한 부분이다.

학교에 입학하기 전에는 유치원에 몇 번 갔었다.

일 나가던 엄마는 막내딸을 유치원에 보내기 희망했지만, 난 하루도 빠짐없이 유치원에서 혼자 빠져나와 한옥집 앞에서 개미를 쳐다보곤 했다. 유치원비만 그렇게 날리던 엄마는 그냥 나를 집에 두고 일을 나가기로 결심하셨던 거 같다. 집에 있으며 내가 맡은 일은 가끔 걸려 오는 엄마 친구들이나 친지분들의 전화에 대답을 하고 그분들 전화번호를 외우는 일이었다. 학교 입학 전이라 글은 쓸 줄 몰랐지만 알려준 번호는 하나도 틀림없이 기억해 내서 엄마는 날 신통방통해했다. 그 외의 시간에는 혼자 시간을 보내며 다시 개미를 쳐다보는 게 일이었다.

봄에는 어김없이 학교 앞에서 파는 병아리를 사 들고 왔다.

이런 병든 병아리들은 왜 사서 마음 아프려고 하느냐는 엄마의 말은 그 뽀얗고 귀여운 병아리들을 보고 있으면 들리지도 않았다. 날이 좋으면 병아리들은 마당에서 삐약삐약대며 놀고, 날이 추우면 방안에서 우리와 함께 티브이도 보고 밥도 먹으면서 보냈다. 여기저기 똥 싸니까 상자 안에서 빼지 말라는 엄마의 말을 또 무시한 채 말이다. 부엌일을 마치고 돌아온 엄마가 힘들다며 아랫목을 찾아 앉는데 엄청난 소리가 났던 건 잊어야 할 일이다. 다음 날 동네 길고양이가 찾아와서 피 한 방울 깃털 하나 남기지 않고 먹는 모습을 바라봤던 것도 잊어야 할 일이다. 그렇게 병아리와의 추억은 엄마 말처럼 매해 마음 아픔이었다.

가장 그리운 건 혼자 마루에 앉아 바라보던 봄 여름 가을 겨울의 풍경이다. 매일매일이 새로운 그림이 되던 그 풍경들.
처마 끝으로 빗방울 똑똑 떨어지던 차분함과 고드름 얼어 날카롭던 아찔함, 첫눈이 장독대에 소복이 쌓여가던 그 황홀함. 야외 화장실에서 벌벌 떨던 그 차가움과 아랫목의 따뜻함, 창호지 사이로 겨울바람 들어오던 냄새와 아랫목 장판 타들어가던 냄새, 마룻바닥의 나무 냄새, 부엌에서 나던 고등어구이 냄새. 한겨울 냉장고에서 나던 김장김치 냄새. 병아리 똥 냄새, 강아지 냄새, 아카시아와 사루비아 냄새들. 그 많던 냄새들도 나의 정서가 되었다.

누군가 나에게 꿈의 집을 이야기해 보라고 한다면 난 아마도 아담한 한옥 한 채를 떠올릴 것 같다.

그 아담한 한옥집 부엌에서 배고프지 않으냐며 누군가에게 라면 한 그릇을 끓여 내어주는 나를 상상해 본다.

외할머니

§

나의 외할머니는 고우신 분이었다.

나이가 들어 쪼골쪼골해졌어도 '젊었을 땐 정말 예뻤겠구나'라는 생각이 들도록 고왔다.

할머니는 미모가 뛰어나 어릴 적 동네에서 유지이던 잘생긴 외할아버지에게 찍혀 시집을 갔다고 했다. 가끔 돌아가신 외할아버지 이야기를 할 때마다 그리움 가득한 눈으로 얼마나 멋진 사람이었는지 자랑이 가득했다.

"할머니, 이렇게 고운데 남자들이 할머니를 가만히 둬? 노인정에 가면 다들 만나자고 안 해?"라고 물어보면 그때마다 늙은 남자들은 냄새가 나서 싫다고 하셨다.

외할아버지가 돌아가신 후에 할머니는 엄청난 유산을 물려받았는데, 지금의 서울 신촌 일대 땅이 외할아버지 소유였고, 양옥집 드물던 시절의 서울에 번듯하고 커다란 양옥집도 한 채 가지고 있었다. 여덟 남매를 키우던 할머니는 돈 관리는 할 줄 모르는 사람이었던 거 같다. 자식들이 내달라는 대로 그 많던 재산을 다 물려주고, 말아먹고는 결국에 텅텅 빈손으로 남아 이 자식 저 자식 집을 옮겨 다니며 노후를 보내셨다. 떠돌이처럼 여기저기 기웃거렸어도 할머니가 오는 건 자식들이 늘 반겼더랬다. 깔끔한 성격에 청소도 잘 해주시고 맛있는 반찬도 하시고 아이들도 잘 봐주셨으니 반기지 않을 이유가 없었다.

할머니는 나에게도 늘 따뜻하셨다. 가끔 집에 오셔서는 내가 좋아하는 눌은밥도 끓여 주시고 밥맛이 없다고 하면 동치미에 밥을 말아 한 숟가락씩 입으로 떠 넣어주기도 하셨다. 지금도 누룽지나 동치미 밥을 좋아하는 건 그때의 습관 때문이 아닌가 싶다.

할머니가 그 주름 많은 손으로 나를 토닥이거나 쓰다듬어주시면 할머니 손의 주름을 잡고 장난을 치곤 했다. 잡아당겼다 놓으면 다시 원상태로 돌아가는 데 시간이 걸리는 늙은 할머니의 피부가 재미있어 이런저런 모양을 만들면서 깔깔대곤 했다. 이젠 늙어서 그런 거라며 철없는 어린 손녀딸에게 자상한 미소를 보이던 할머니.

아주 가끔 할머니 생각이 난다.

그 쪼글하고 탄력이라곤 찾아볼 수 없는 손으로 동치미에 밥 말아 한 숟가락씩 떠올리며 하회탈 같은 웃음을 지으셨던.

집 걸레 하얗게 빨아 두 손으로 정성스레 마룻바닥을 닦으시던.

비가 오는 날엔 "비님이 오시네" 하시던 아름다운 말씨도.

내가 가진 맑은 마음이 있다면 그건 분명 할머니에게서 온 것이 아닐까 싶다.

그렇게 고왔던 할머니는 엄마가 떠나기 몇 해 전에 돌아가셨다. 주무시는 동안 아픔 없이 편안히 돌아가셨다고 했다.

할머니가 살아 계실 때는 몰랐는데 이제 나도 나이를 먹고 할머니를 생각해 보니 측은한 마음과 존경심이 든다. 난 두 아이만으로도 이렇게 힘들었는데 어떻게 여덟이나 낳아 그리 희생하며 키우셨을까? 그 힘든 임신을 여덟 번이나 했으니 임신 기간, 수유 기간을 다 치면 자그마치 16년이다. 일 년 임신하고 태어난 아이가 걸을 때쯤 또 다른 아이를 임신하고, 임신한 무거운 몸으로 다른 아이들까지 돌보며 16년을 어찌 해냈을까. 세탁기도 없고 청소기도 없던 시절, 그 많은 기저귀를 다 어떻게 빨았으며, 그 많은 식구를 위한 식사 준비는 또 어떻게 했을까.

모든 걸 자식들에게 다 주고도 아쉬운 말 한마디 하지 않으셨던 분. 이곳저곳 다니시며 자식들 잘 있는지, 밥은 잘 먹는지, 하나라도 도움이 되고자 쉬지 않고 몸을 움직이셨다.

할머니의 나이가 되면 나도 그럴 수 있을까. 자식들에게 바라는 것 없이, 할머니처럼 생의 마지막까지 베풀 수 있는 진짜 사랑을 보여주는 어른이 되고 싶다. 주름 속으로 보이는 선한 눈은 그 어떤 아름다움과도 비교할 수 없으니.

할머니 같은 고운 마음을 품고 살고 싶다.

바퀴벌레

§

아빠는 자동차를 수리하는 정비 공장을 하셨다.

당시는 자동차 고장이 자주 나는 시대였던지라 정비 공장들의 황금 시대 같은 때여서 공장이 꽤 크고 번듯했다. 여성 운전자가 흔치 않던 그 시기에 운전면허를 딴 엄마는 직원이 달리는 아빠 일을 도왔다. 정기 검사를 의뢰한 차들을 운전했고, 음식 솜씨가 좋아 몇십 명 직원의 점심을 준비했다.

매일매일 번창하는 사업에 아빠는 밤마다 현금을 집으로 두둑이 가져왔다.

그러던 어느 날 아빠가 사고를 냈다. 가장 친한 친구에게 속아 공장을 팔고 그 돈을 모두 뺏기고 만 것이다. 부자가 망하면 삼 년 간다는 말이 있다. 나의 경험상 그 말이 틀린 말은 아니었던 것 같다. 딱

삼 년이었다. 우리가 버틸 수 있던 게. 그때 나는 고 3이었다. 우리 집이 엄청 가난해진 때. 미대 입학을 준비하던 나는 대학에 떨어졌고, 다시 그 비싼 학원 수강료를 내며 재수를 해야만 했다. 한 달 한 달 겨우겨우 내 학원비를 장만하던 엄마의 모습이 지금도 기억 속에 가장 큰 슬픔이고 미안함이다.

어느 날은 물감이 떨어져 더 이상 학원에 가고 싶지 않다고, 애들한테 빌려 쓰는 것도 눈치 보인다며 속상한 마음에 툴툴거린 적이 있다. 엄마는 잠시만 기다리라며 밖으로 바쁘게 나가더니 얼마 못 가 힘이 빠진 채 돌아와서는 바닥에 털썩 주저앉으며 통곡을 했다. "내가 이제 삼만 원을 못 꾸네. 아무도 빌려주는 사람이 없네" 하면서.

그렇게 어렵게 대학 준비를 했던 난 다행히도 원하는 대학에 입학을 했다. 하지만 집안 형편은 더더욱 나빠졌다. 이번엔 그나마 살던 빌라에서 쫓겨나 왕십리 판자촌으로 이사를 가야만 했다. 집 안 가득 바퀴벌레가 득실댔다. 이렇게는 못 살겠다 싶어 약을 뿌리고 한두 시간 지나 집에 돌아오면 방바닥이 보이지 않을 정도로 죽은 바퀴벌레 시체들이 널려 있었다.

약을 뿌려도 잠깐이었다. 어딘가에서 녀석들이 집단으로 침입을 하는 건지 며칠 후면 또다시 온 집 안이 바퀴벌레 놀이터가 되었다. 잠을 자면서도 얼굴에 기어 다니는 바퀴벌레를 손으로 치워가며 깨지 않으려고 기를 쓰곤 했다.

그렇게 몇 년을 바퀴벌레와 동고동락한 후 모델 일을 하며 돈을 벌 게 되자 근처에 있는 빌라 이층으로 이사를 했다. 마침내 그 지옥의 문에서 벗어났지만 나의 바퀴벌레 트라우마는 시작됐다. 뱀도 쥐도 도마뱀도 심지어 상어도 무서워하지 않는 나는 바퀴벌레를 보는 일 이 가장 무섭다. 그 공포가, 그 캄캄했던 밤들이 다시 돌아오는 것만 같아 아직도 가슴이 쿵덕거린다.

바퀴벌레들은 항상 무언가 말을 하고 있는 듯하다. 보기 싫은 더듬 이를 이쪽저쪽으로 흔들어대며 나에게 막 텔레파시 같은 걸 보내오 는 거 같아 정말 싫다.

대학 시절, 학교 작업실에 혼자 남아 그림을 그리고 있는데 커다란 바퀴벌레 한 마리가 출현한 적이 있다. 녀석은 내 쪽으로 서서히 걸 어오더니 걸음을 멈추고 나를 쳐다보고 있었다. 녀석이 나타나자마 자 경직된 나도 아무것도 하지 못하고 멈춰 서 있는 녀석을 바라봤 는데, 꽤 오랜 시간 그렇게 서로를 쳐다보고 있었던 것 같다. 어쩌면 아주 짧은 시간이었을 수도 있겠지만 나에게는 너무나 더디게 가는 시간이었다.

결국 난 바퀴벌레와의 눈싸움에서 지고 말았다. 소리도 내지 못하고 뒷걸음으로 슬슬 작업실을 빠져나와 집으로 돌아갔다. 하다 못한 과제는 포기한 채로.

열대 우림인 싱가포르에 살게 되면서 바퀴벌레들과의 만남이 잦아졌다. 싱가포르의 바퀴벌레는 그 명성만큼이나 크기도 엄청나다. 게다가 가끔은 날아서 창문으로 들어오기도 하는 재주가 있다.

얼마 전 일이다. 매해 크리스마스 때면 시부모님이 싱가포르에 오셔서 시간을 함께 보내는데, 늘 안방을 내어드린다.
그날은 안방을 내어드리며 "어머니, 안방 베란다 쪽엔 쓰레기 수거함이 있어 문을 오래 열어놓으면 바퀴벌레가 날아 들어올 수도 있으니 너무 오래 열어놓지는 마세요"라고 말씀드렸다. 그런데 어머님이 환기를 시킨다고 열어놓은 창문을 깜빡 잊고 외출을 다녀오셨다.

그날 밤 줄리 방 이층 침대 밑에 매트를 깔고 자는데 무언가가 내 다리 쪽에서 슬금슬금 기어 다니는 느낌이 났다. 오래전에 경험했던 그 어두컴컴한 기억도 슬금슬금 올라왔다. 소스라치게 놀라 벌떡 일어나 다리를 쳐다보니 아무것도 없었다.

아마도 어머니가 문을 열어놓은 걸 깜박했다는 말씀을 듣고 나서 내가 그냥 예민해진 게 아닐까. 바퀴벌레가 코코넛 냄새를 엄청 좋아한다는데 오늘 목욕하고 온몸에 코코넛 오일을 바른 일도 떠올랐다.

'아니야, 내가 너무 생각이 많은 거야.'

안 오는 잠을 억지로 다시 청해 본다. 그런데 이번엔 머리 쪽이 간지럽다. 머리를 툭툭 치니 무언가 뚝 떨어졌다. 까맣고 동그란 것. 동공을 크게 뜨고 쳐다보니 자기 전 묶었던 머리끈이다.

"봐, 내가 너무 예민했던 거야. 이 몹쓸 트라우마."

마음을 진정하고 다시 잠을 청해 보기로 했다. 이번엔 조금 더 편안한 마음에 졸음이 마구 몰려왔다.

한참이 지났을까. 가슴 쪽에 무언가 있다. 확실히 무언가가 기어가고 있었다. 얼른 일어나 입고 있던 파자마를 툭툭 털어보니 아주 커다란 바퀴벌레 하나가 바닥으로 똑 하며 떨어졌다. 심지어 "찌르르르"하는 소리까지 낸다.

식구들 깰까 비명도 못 지르고는 방에서 빠져나와 소파에서 자고 있는 보리스를 깨웠다.

무슨 일이냐고 묻는 그에게 제대로 말은 못하고 "저어기, 저어기"

하며 눈물만 흘리는데……. 보리스가 바퀴벌레를 잡아주겠다고 방에 들어갔다 나오더니 "세상에 저렇게 커다란 바퀴벌레는 정말 처음이야. 너 정말 무서웠겠다"라며 위로를 해준다.

그런데 난 그 말에 아까 봤던 그 커다란 바퀴벌레가 떠올라 더 무섭고 힘이 들었다.

"아무 말도 하지 마. 제발 아무 말도 하지 말아줘."

눈물을 주룩주룩 흘리며 애원하듯 부탁을 하니 보리스는 이러지도 저러지도 못하고 그저 토닥토닥 내 등을 두들겨준다.

마음이 조금 진정된 후에야 욕실로 들어가 샤워기를 틀고 온몸을 구석구석 닦아냈다.

바닥에 주저앉아 삼만 원을 꿔주는 사람이 없다던 엄마에 대한 미안함, 그 어두컴컴한 방에서 날 아무도 구원해 줄 것 같지 않던 절망감도 함께 닦이길 원하며 비누칠을 하고 또 했다.

어두움은 그렇게 지나갔다.

그렇지만 어두웠던 과거의 흔적은 가끔 다시 돌아와 날 울적하게 만든다. 힘들던 시간, 엄마에게 미안한 마음으로도 아무것도 할 수 없던 난 세월이 지나면 모든 걸 갚을 수 있을 거라 생각했다. 그리고 그걸 갚으려 정말 열심히 살기도 했다. 하지만 엄마는 없다.

"빚만 없으면 엄마는 행복하게 살 수 있을 것 같아"라고 말하던 엄마.

나도 엄마에게 진 빚을 다 갚으면 더 행복하게 살고 있을 텐데.

며칠 전 줄리가 엄마에 대한 글을 학교에서 발표했다고 한다. 그 긴 글을 보리스가 내게 천천히 읽어줬다.

"우리 엄마는 한국에서 모델이었다고 합니다. 가끔 엄마가 유명한 잡지나 티브이에 나오기도 합니다"라고 시작했던 글은 "엄마는 바퀴벌레에 대한 트라우마가 있습니다. 엄마가 어릴 적 힘들었을 때 바퀴벌레가 많은 곳에서 지냈다고 합니다. 그래서 엄마는 바퀴벌레를 보면 어릴 적 안 좋았던 기억을 떠올립니다"라는 것까지 써 있었다.

이제는 아이들도 엄마가 바퀴벌레를 무서워한다는 걸 안다. 그래서 바퀴벌레가 나타나면 우리 집 식구들은 나를 한쪽으로 몰아 바퀴벌레를 볼 수 없게끔 눈을 가려주고 셋이서 몰래 처리하곤 한다. 그것도 아주 말끔히.

다 처리한 후에야 가렸던 눈을 풀어주고 뿌듯하게 나를 바라보는데, 그중 이안이는 정말 걱정이 되는 얼굴로 "엄마 괜찮아? 괜찮아?"를 수도 없이 묻는다.

그러면 나도 아빠처럼 걱정해 주는 이안이에게 아기 목소리를 흉내
내며 말한다.

"응, 엄마 진짜 무서웠어~~"

팔을 벌려 나를 온몸으로 안아주는 아이.

가지고 있는 상처가 이렇게 조금씩 아물어간다.

랄라

§

엄마에겐 줄리와 이안이를 만나기 전에 랄라라는 이름을 가진 또 다른 딸이 있었습니다.

랄라는 엄마를 세상에서 가장 좋아하고 늘 엄마 옆에서만 있고 싶어 하던 사랑스러운 레트리버입니다.

엄마가 슬픈 일이 생겨 훌쩍거릴 때마다 랄라는 엄마 옆에서 큰 혀로 엄마의 눈물을 닦아줬습니다.

엄마가 부모님을 잃었을 때도 엄마는 랄라가 눈물을 받아줘서 살수 있었다고 합니다.

랄라는 엄마가 노래를 부르면 "우우" 하는 소리를 내며 함께 노래를 불렀습니다.

엄마가 신이 나서 춤을 추고 노래하면 랄라도 함께 엄마 곁을 빙빙 돌며 춤을 추었습니다.

엄마는 랄라를 산책시키느라 매일 산에 올라 좋은 공기도 마시고 운동도 하게 되었습니다.

둘은 사랑하는 사람이 함께 걷듯 많은 길을 걸었습니다.

랄라는 덩치는 커다랬지만 추운 겨울 산속을 걸을 때면 오도 가도 않고 앉아서 발이 시렵다며, 엄마에게 발을 올려 보이고 낑낑대기도 하는 귀여움을 가지고 있었습니다.

랄라의 눈은 천사의 눈처럼 맑았습니다.

영혼이 순수한 피사체들만이 가질 수 있는 그런 눈.

랄라는 엄마가 일하러 나가면 하루 종일 집에서 얌전히 있을 줄도 알았습니다.

전깃줄을 몇 개 끊어놓은 후 철이 들었기 때문입니다.

엄마는 일터에 나가도 랄라가 눈에 밟히는 날이 많았습니다.

보통은 오전이나 오후 한나절이면 일이 끝나지만 촬영이 미뤄질 때면 랄라 생각에 맘이 안 좋았습니다.

랄라는 빵을 좋아해서 엄마 없을 때 자주 빵을 훔쳐 먹은 범죄 경력도 가지고 있었습니다.

빵을 훔쳐 먹은 날은 기다리던 엄마가 집에 와서 아무리 불러도 엄마 곁에 갈 수 없었습니다.

한참 후에야 랄라가 꼬리를 흔들며 기어 오듯 엄마 곁으로 올 때면 엄마는 부엌에 가지 않고도 이미 랄라가 빵을 훔쳤다는 걸 알 수 있었습니다.

랄라는 엄마가 "왜? 왜?"라고 말하는 걸 제일 무서워했습니다.

엄마가 가끔 해외에 일을 하러 나가면 랄라는 훈련소에 가야 했습니다.

하루는 엄마가 많이 보고파 훈련소를 빠져나왔는데 커다란 도로에서 발길이 멈춰졌습니다.

엄마가 차를 타고 떠나버린 길을 그곳부터는 알 수 없었기 때문입니다.

그래서 엄마가 다시 찾으러 올 거라 생각하고 훈련소로 돌아갔습니다.

랄라는 매일 엄마가 떠난 그 자리에 돌아와서 한참을 머물곤 했습니다.

엄마가 많이 보고팠습니다.

그리고 엄마가 돌아오는 날이면 엄마 품에 전력 질주로 달려갔습니다.

엄마도 두 팔 가득 벌려 랄라를 안아줬습니다.

엄마와 함께 산책을 하고 커피집에 앉아 사람 구경을 하는 일은 랄라가 제일 좋아하는 일이었습니다.

랄라는 인기도 많아서 지나가는 예쁜 언니들이 모두 한 번씩 "아, 예쁘다" 하며 쓰다듬어주었습니다.

커피집에 앉아 있던 어느 날, 엄마는 랄라에게 한 남자를 소개시켜 주고 아빠라고 했습니다.

아빠는 다른 언니들처럼 예쁘다고 말하지 않고 "졸리"라고 말했습니다.

아빠는 엄마만큼이나 랄라를 아꼈습니다.

랄라도 엄마만큼이나 아빠가 좋았습니다.

랄라에게 아빠가 생긴 이후로는 셋이 함께 산책을 나갔습니다.

엄마가 바쁜 날은 아빠와 산책을 했습니다.

엄마 아빠는 랄라를 데리고 한국을 떠나 싱가포르라는 나라로 간다고 했습니다.

그런데 랄라는 싱가포르에 간다는 결정이 내려진 후부터 자꾸 아팠습니다.

경련이 일어나고 깨어나고를 반복했습니다.

의사 선생님도 이유를 알지 못한다고 했습니다.

그렇게 시간을 보내던 어느 날, 엄마는 랄라가 숨을 어렵게 쉬는 걸 보고 심장에 문제가 있다는 걸 알았습니다.

하지만 치료를 받기엔 이미 너무 늦었다고 했습니다.

엄마는 그 이후로 예전보다 더 많이 울었습니다.

랄라는 그 전보다 더 열심히 엄마가 흘리는 눈물을 닦아줬습니다.

추운 어느 날 엄마와 빵을 사고 돌아와서 랄라는 그만 누워버렸습니다.

그리고 잠깐 나갔다 온다던 엄마가 오기 전까지 그렇게 숨을 색색거리며 있었습니다,

엄마가 돌아오고 엄마 눈이 랄라의 눈을 찾은 순간, 기다렸다는 듯 그 맑은 영혼의 눈을 감았습니다.

엄마는 더 많이 울었습니다.

그런데 이번엔 눈물을 닦아주는 랄라가 오지 않았습니다.

아무리 많이 울고 소리를 쳐도 돌아오지 않습니다.

엄마는 랄라가 눈에 밟혀 아무것도 하지 못했습니다.

몇 날 며칠을 그렇게 울기만 했습니다.

그리고 엄마 아빠는 랄라를 데려가지 못한 채 싱가포르로 떠났습니다.

엄마는 매일 동쪽하늘을 바라보며 랄라를 생각했습니다.

그 맑은 눈이 자꾸만 생각나 웃으면서도 눈물을 흘렸습니다.

엄마는 요즘도 지나가다 레트리버를 보면 멈춰 섭니다.

"아, 예뻐" 하며 한 번씩 쓰다듬어주고 갑니다.

그리고 다시 씩씩하게 걷습니다.

바람이 붑니다.

하늘을 봅니다.

"랄라야? 거기서 잘 있니?"

하늘에서 랄라가 빙긋 웃습니다.

눈 내리던 아침

§

어제는 눈이 부셔라 찢어져 내리는 햇살이 싫었다.

봄이 다가오나.

올해 봄은 또 얼마나 잔인하도록 아름다울까.

햇살 속에서 눈을 감고 바라보았다.

거기 그 자리에 밥 냄새 풍기며 웃고 있던 식구들.

그릇 쨍그렁거리던 소음들.

햇살 속에서 그리운 사람들이 함께 있었다.

엄마. 아빠. 할머니. 랄라.

환한 웃음들이 징그러울 만큼 아름다웠던 식구들이 서로를 바라보고 있었다.

한참 동안 부르고 싶은, 더 이상 부르지 못할 그 이름들을 용기 내어 불러보았다.

찢어지는 햇살 속에서 내 목소리가 더 찢어져라 소리쳤다.

함께해 줬던 행복한 시간들이 고마워서, 주는 거 없이 받기
만 했던 것이 미안해서,

이 따뜻한 햇살이 못마땅해 갈기갈기 찢어져라 소리쳤다.

— 2005년 일기 속에서

그 짧은 시간 동안 사랑하는 이 넷을 잃고 몇 해가 흘렀다.

찢어지던 내 목소리는 차츰 차분해졌다.

삶이란 비워진 공간을 다시 채워나가는 것이니 씩씩하게 그 공간을
채워가고 있다.

떠나가고 만나고를 반복하다 보면 이 녀석이 그리 만만한 게 아님
을 깨우친다.

행복이 오면 언제나 고통도 다가온다는 것을 아직도 배워가는 중이다.

함께할 시간이 그리 넉넉하지 않다는 것.

그리고 헤어지는 아픔과 고통은 계속 반복된다는 것을 이 만만하지
않은 녀석이 계속 이야기해 준다.

그리고 더 단단해지고 더 현명해지는 일, 더 많이 사랑하는 일.

그것들이 내가 해야 할 일이라는 것도 녀석에게 배웠다.

엄마와 운전

§

엄마는 운전하는 게 참 재밌어.

잘 봐봐라, 이게 별거 아닌 거 같아도 사람 사는 거랑 똑같지.

길 한번 잘못 들어서면 꽉 막혀서 오도 가도 못 하는 게 사람 인생이야.

그래도 인생이 항상 그렇게 막혀 있지만은 않아.

기다리다 보면 때는 와. 그때까지 차분히 기다리는 인내심이 필요한 거지.

음악을 들으면서 기다림을 즐기는 거야.

때로는 때가 잘 맞아떨어져 뻥뻥 뚫리는 도로를 달리기도 하잖아.

어디든 처음 가는 길은 어렵지만, 어렵게 찾아간 길일수록 잊혀지지 않는 법이야.

잘 모르겠으면 되도록 남들이 다니는 길로 가.

혼자서 들어서면 길을 헤맬 수도 있거든. 물어볼 사람도 없고.

그리고 사람 일이란 참 모르는 거다. 언제 어디서 어떤 사고가 날지 짐작할 수 없는 거거든.

봐봐, 운전 하나만 잘해도 벌써 인생의 반은 배운 법이야.

노을이 예쁘던 그날, 미술 학원에 데려다주며 엄마는 이런 얘기들을 들려주었다.

뻥뻥 뚫린 도로를 운전하거나, 사방팔방 꽉 막힌 도로에서 엄마가 가르쳐준 인생의 반을 생각하며 웃음 짓는다.

'엄마'라는 이름

§

곧 태어날 아가에게.

할머니는 나쁜 사람이야.

아직 난 아가, 네 할머니에게 기대 거는 게 많거든.

이렇게 통통 살찐 배를 들이밀고 "엄마 배 많이 나왔지? 나 입덧 심하니까 맛있는 것 좀 해 줘봐"라고 말해 보고 싶은데 거기 안 계시잖아.

엄마가 입덧으로 고생할 때 한 친구가 "나도 입덧이 심했는데 엄마가 와서 지어준 엄마 밥을 먹으면 좀 살겠더라"라는 하는 말 한마디에 할머니가 너무나 보고 싶어서 꼼짝없이 얼어버렸어.

물론 그 친구 앞에서 티는 내지 않았지만 집에 와서 소리 내어 울었었지.

할머니가 잘하는 거, 그리고 엄마가 제일 먹고 싶은 건 '된장찌개'야.

청양고추를 다져서 된장에 비벼 할머니표 된장 소스를 만든 후에 감자를 넣고 재빠르게 끓여 낸 거.

그렇게 할머니가 된장찌개를 끓여 아침상에 놓으면 엄마는 밥 두 그릇을 꿀꺽하고 먹어버리곤 했어.

잘 익은 햇감자를 건져서 밥에 썩썩 비벼 한 입 먹으면 그 뜨거움과 입안에서 퍼지는 고소함, 청양고추의 개운함이 내 입안으로 들어가는 숟가락을 멈출 수 없이 만들었거든.

그래서 그 된장찌개를 생각하며 나 혼자서도 만들어보겠다고 시도했지.

물론 할머니의 그 맛은 나지 않았어.

결국 어쩔 수 없이 싱가포르 스타일의 매운 고추를 친구에게 원조받은 된장에 찍어 먹는 걸로 할머니표 된장찌개를 대신하곤 했어.

네가 곧 세상에 태어난다는 사실을 알면 할머니가 얼마나 행복해하실까?

할머니 할아버지는 손주들을 얼마나 사랑스럽게 대하셨나 몰라.

엄마가 살짝 용돈을 쥐어주고 나면 그다음 날은 조카들의 선물 잔치였지.

왜 애들 선물을 사느냐고, 그냥 좀 쓰시라고 하면 우린 돈을 이렇게 쓰고 싶다고 하셨어.

엄마는 내가 보내드린 돈이 모두 언니와 조카들에게 돌아가는 거 같아 언니들이 참 밉다고 생각했고,

이제 그 사랑이 너와 내 차지가 되어야 하는데 그분들이 그렇게 떠나가시고 없다니.

너를 바라보며 백만 번이고 천만 번이고 웃음 지어줄 분들인데.

엄마 생각이 유치하니?

그냥 보고 싶은 마음에 부리는 어리광이라고 생각해 줘.

그분들에게 엄마는 아주 지독한 땡깡쟁이였으니까, 지금 내가 이렇게 땡깡을 부려댄다고 해도 이해하실 거야.

할머니가 돌아가시는 날까지 엄만 땡깡쟁이였어.

여기, 코마 상태로 있던 할머니에게 엄마가 보낸 그날의 편지를 보여줄게.

　오늘 다시 눈물이 울컥 나오려고 했어. 두 손으로 눈을 틀어　막아버렸지. 울기 시작하면 다시 며칠간을 소리치며 불러댈

까 봐. 미안해. 잘해 주지 못해서… 전화하면 바쁘다고 끊었던 거. 돈 얘기만 한다고 화냈던 거. 함께 해외여행 한 번 가주지 못한 거. 맛없다고 툴툴댄 거. 다 미안해…. 다음에 다시 태어난다면 정말 잘할게. 아니, 내 딸로 다시 태어나주면… 그럼 내가 했던 거 미안해하면서 속 썩이고 말 안 들어도 웃으며 들어줄게…. 엄마가 했던 것처럼…. 많이 바라지 않을게. 갈 때 가더라도 눈빛만이라도 마주치고 가. 그렇게라도 해준다면 웃으면서 보내줄게. 딸은 엄마가 꼭 필요하다는데… 그렇게 가면 정말 나쁜 사람이야. 난 아직 든든한 사윗감 하나 보여주지 못했고. 예쁘게 잘 사는 것도 보여주질 못했잖아. 아기 낳고 위세 부리듯 몸조리도 받아보고 싶은데, 부부 싸움 하면 달려갈 곳도 없잖아. 김치를 담가줄 사람도, 급할 때 애 봐달라 부탁할 사람도 없잖아. 그렇게 가면 정말 나쁜 거야. 그렇게 뽀얀 얼굴로 누워 있으면서. 나빠. 이런 법이 어딨어. 하고 싶은 말이 너무 많은데 들려줄 말들이 아직 너무 많은데…. 낳아줘서 고맙단 말은 마음에 품어둘게. 이렇게 예쁘게 키워줘서 정말 고마운걸…. 사랑해, 엄마. 가슴이 패이도록…. 이젠 그 이름이 낯설어질까 봐 난 너무 무서워. 너무너무 무서워….

맞아, 엄마라는 이름이 낯설어질까 두려웠던 순간들이 있었어.

그런데 놀랍게도 엄마라는 이름은 낯설어질 수 없는 이름임을 알았지.

나는 매일매일 그 기적 같은 일을 너를 통해 듣고 있어.

엄마! 엄마!

네가 엄마를 부를 생각에 벌써 고마워.

나에게 와줘서 참 고마워.

빨래

§

밀려둔 빨래를 한다.

어두운 것과 하얀 것들로 나누어, 내 마음처럼 어두운 것들은 저만

치 밀어두고

오늘은 하얀 빨래들만 모아 더 하얗게 빨기로 한다.

마음속 찌든 감정들까지 모두 하얗게 빨아버리기로.

덜거덕 덜거덕, 빨래통 돌아가는 소리마다

덜거덕 덜거덕, 무거운 기억들이 흔들린다.

어두웠던 마음을 탁탁 털어 아침 햇살에 널어놓았다.

멍들었던 기억들도 햇살 속에 바래져갈까.

엄마 가슴에서 나던 빨랫비누 냄새.

토닥토닥, 이제 그만 아파하라고,

토닥토닥, 이젠 울지 말라고

엄마 냄새가 나를 두드린다.

엄마의 웃던 얼굴처럼 하얀 빨래가 햇살 속에 환하게 빛난다.

슬픔에 대처하는 우리의 자세

§

우뚝 서서 꾹꾹 안고 있던 슬픔이 터져 나와 눈물이 그렁그렁 맺히기도 한다.

내 입으로 말을 하는 순간 문제가 되지 않을 일들이 문제가 돼버릴까, 깊은 곳에 꼭꼭 숨겨놓았던 작은 감정들이 울분처럼 튀어올라오는 순간들.

작은 크랙 하나 생겼는데 그게 터져버려 댐 물처럼 슬픔이 몰려오기도 한다.

나약한 마음이 싫기도 하지만 이 기분에 나를 맡겨둔 채 한동안 슬픔에 젖어 있고 싶어지기도 한다.

난 원래 약한 존재인데 그게 아닌 척, 그렇게 강할 척할 필요는 없잖아.

울고 싶으면 울 수 있는 것도 나쁘지는 않을 테니, 꼭 어른값을 해야만 한다는 생각도 버려둔 채 한동안은 마음껏 울어봐야지.

그렇게 슬픔에 젖어 한참 동안 울고 나면 여기 보란 듯이 새 희망이 하나씩 반짝이기도 한다.
슬플 땐 그냥 울어버리는 게 상책이다.
힘들고 짜증 나고 속상하고 억울한 것들로 한참을 울다 보면 신기하게도 주위의 고마운 것들이 서서히 눈에 보이기 시작한다.
눈물 밖으로 쏟아지는 햇살이 다이아몬드처럼 영롱하게 반짝거릴 때, 빗방울 묻은 창문에 내 눈물처럼 작은 물줄기가 흘러내릴 때 문득 나를 둘러싼 모든 것이 아름답다는 걸 다시 한번 깨닫는다.
한참을 그리 울고 나면 삶에 대한 미련이나 애착들이 다시 꿈틀대고 일어나 주위의 아름다운 것들과 사랑하는 사람들이 떠오른다.

아, 더 사랑해야겠구나.

어제 있었던 일에 대한 후회, 미래에 대한 두려움 따위로 이렇게 펑펑 울기만 하면서 지금 소중한 이 순간을 놓치지 말아야지.
햇살을 받고 아이들과 웃고 떠들고 이렇게 하루하루를 느끼면서 살아가는 일도 벅찬데……

사랑하는 사람들을 생각하니 맺힌 슬픔도 조금씩 사그라져 간다.

사랑이 충분히 전달될 때 어두운 곳으로 가는 마음을 되돌리기가 쉽다.

우리가 상대방에게 사랑을 주어야 하는 큰 이유이다.

특히나 아이들에게 사랑을 끊임없이 표현해야 하는 이유이기도 하다.

나 자신에게도 마찬가지다. 나 또한 약한 사람이라는 걸 인정하고 끊임없이 자신을 사랑하고 보듬어주면 슬픔에 대처하기가 훨씬 수월해진다.

슬픔을 피할 수는 없지만, 슬픔에 대처하는 방법을 안다면 꿋꿋이 일어설 수 있으니까.

상효

§

엄마 장례식에 제일 먼저 나타난 사람은 상효였다.

어디서 소식을 들었는지 성급하게 나타나서는 내 얼굴 찔끔 몇 번 보더니, 옆에 있는 아빠를 끌고 자리로 가 소주를 따랐다. 못 이기는 듯 끌려간 아빠는 이전에 한 번도 만나본 적 없는 막내딸 친구가 마누라 장례식에서 사근사근 술 따라주고 애교 부리니 황당함에, 떠난 마누라 잊고 잠시 웃기까지 하셨다.

남자 친구랑 헤어진 날인가, 그 이튿날인가. 동대문 다녀오는 길이라며 아침 일찍 집에 들러 쿠킹 포일 안에 차곡차곡 쌓은 녹두전을 내밀던 것도 상효였다.

어느 해 서울에 눈 많이 내린 날, 곱창 먹으러 경기 하남까지 갔다가

오는 길에 폭설로 차 안에 갇혔어도 깔깔대며 웃게 만들어준 녀석도 상효였다.

상효는 진경이랑 윤주랑 친했지만, 종종 혼자서 나를 찾아오곤 했다. 나도 친한 몇 친구들 젖혀두고 상효를 만나곤 했다.

몇 해 안 봐도 엊그제 만난 것처럼 할 말이 많은 사람, 맘속에 있는 얘기가 훌훌 잘 나오고 그걸 잘 받아 쳐주는 사람이 상효였다.

얼마 전 집에 있는 두 녀석 생각에 오랜만에 만난 상효의 "한 잔 더" 제의를 뿌리치고 집에 오는 택시 안에서 이 모든 기억이 스쳐 지나갔다.

언젠가는 상효에게 말해야겠다.
네가 있어서 고마운 적이 참 많았다고.

사랑을 표현하자

§

오늘은 엄마가 실수에 관한 이야기를 해볼까 해.

사람들은 살아가면서 늘 실수를 해대지.
어떻게 실수 없이 세상을 살 수 있겠어? 신이 아니고서는 말이야.

근데 우리가 저질러대는 많은 실수 중에 가장 큰 실수는 똑같은 실수를 반복하며 고치지 않는 일들이야.

늘 지나다니는 작은 통로에 날카로운 모서리가 있어서 사람들이 계속 다치는데 조심하라는 경고만 써놓고는 모서리를 고칠 생각을 하지 않는다든지,
매달 적자가 나는데 자신의 돈이 어떻게 나가는지 기록도 하지 않고

쉽게 써가며 돈이 없다고 투덜대기만 한다든지,

컴퓨터에 바이러스가 생겼는데 바이러스를 치료할 생각 없이 컴퓨터를 계속 사용한다든지.

이런 게으른 생활들이 반복된 실수를 만들어내는데, 우린 원인을 찾지 않고 내 인생이 왜 이럴까 하며 한탄을 하지.

주위를 돌아보면 이런 일들은 수도 없이 일어나고 있어.

그리고 우리들이 인생에서 제대로 깨우치지 못하며 반복해 대는 실수 중에 하나.

그건, 사랑을 제대로 표현하지 않는다는 거야.

그냥 무덤덤히 서로를 바라보다 상처가 생긴 후에야 후회하게 되는, 그렇게 상처가 깊어도 고칠 생각을 하지 않잖아.

매일매일 서로에 대한 오해와 미움이 쌓여가는데 돌이킬 수 없을 정도로 내버려두기도 하지.

그때그때 생기는 실수와 오해들을 빨리 고치지 않으면 감정의 골이 깊어만 가게 돼.

엄마도 그랬어.

얼마나 무덤덤한 사람이었는지, 사랑하는 많은 사람이 떠나간 후에 그 사실을 알게 됐지.

이 짧은 시간 동안. 그러니까 우리가 이곳에 함께 머물며 행복해하는 동안, 혹은 상대방이 내 곁에 있어주는 동안 나의 사랑을 상대방이 알 수 있도록 우리는 항상 맘을 열어놓아야 해.
그래도 어쩌면 우리가 느낀 사랑의 몇만 분의 일조차 표현하지 못하고 사랑을 보낼 수도 있어.

사랑을 표현하는 건 어떨 땐 참 쑥스러운 일이야. 가끔은 자존심이 상하는 일이 될 수도 있고.
특히나 한국인의 정서로는 "사랑해"라는 말이 그다지 쉽게 떨어지지 않는 게 사실이니까.
친한 친구에게 어느 날 "사랑해"라고 말하면 그 친구는 너무 어색해하며 할 말을 잊고 우물쭈물할지도 몰라.
그러니까 상대방을 위해서 사랑에도 적절한 표현 방식이 필요할 것 같아. 그리고 "사랑해"라는 단어는 어찌 보면 너무 무거워서 그 표현 방식이 더 중요하게 와 닿는 거고.

줄리야, 이건 어떨까?

아빠처럼 귀엽고 애교 있게 그냥 "사랑해"라고 말도 안 되게 외치는
거야.

아빠는 한국인이 아니라서 "사랑해"라는 말이 쑥스럽고 어색한 말
인지를 모르잖아.

그냥 편하게 "사랑해"라고 아빠처럼 말하면 좀 쉬워지지 않을까.

괜히 무게 잡고 말하면 듣는 사람도 힘들어지니까, 그냥 쉽게 말해
버리는 거야.

그렇게 한번 시작하고 나면 다음번에는 좀 더 쉬울 테고,

그럼 매일매일 사랑한다고 말할 수 있을 것 같아.

엄마가 런던에 처음 도착해서 전철을 탔을 때가 생각난다.

그때 엄만 열아홉 살이었고, 아마도 처음으로 해외에서 전철을 탔
을 때일 거야.

전철 의자가 서로 마주 보게 되어 있어서 내 앞에 앉은 영국 아줌마
랑 자꾸 눈이 마주치는데, 그때마다 그 아줌마가 나를 보며 씽긋 웃
더라. 난 너무 깜짝 놀라서 눈을 피해 버렸어.

그리고 그 아줌마가 왜 나를 보며 웃을까 한참을 생각했지. 혹시 내
가 동양인이라 날 우습게 보나, 아니면 저 사람이 실성을 했나.

그런데 그건 영국인에게 너무나 당연한 일이었어. 길에서든, 전철에

서든 혹은 카페에서든 서로의 눈이 마주치면 '난 당신에게 악의가 없어요'라는 의미로 씽긋 웃어주는 것.

줄리야,
사랑한다는 말이 어렵다면 상대방에게 잘 웃어주는 사람이 되는 것도 좋아.
난 우리 줄리가 잘 웃는 사람이 되면 좋겠어.
처음 만나는 사람에게도 환하게 웃어줄 수 있는 맑은 사람.

엄만 줄리가 그런 맑은 사람이 될 수 있도록 옆에서 같이 웃어줄 거야.
줄리가 잘하는 게 있다면 많이 칭찬해 주고 사랑한다는 말도 많이 할 거야.
어느 날 갑자기 "줄리야, 사랑해"라고 말하면 네가 어색해할지도 모르니 처음 네가 태어난 날부터 어색하지 않도록 사랑한다는 말을 매일 할까 해.

Part 3

싱가포르는 어떤가요

'생각해 봐.
내가 이렇게 매일 아침 바나나를 먹는 부자가 된 걸.'
바나나를 오물거리는 나의 양 입꼬리가
쓰윽 올라간다

인생은 타이밍

§

열대 우림인 싱가포르에선 하늘에 구멍이 뚫린 것처럼 비가 내리는 일이 자주 있다.

10년 전 이곳에 이주했을 땐 지역 주민들이 하루에 한 번 비가 오고 나면 그날은 다시 비가 오지 않으니 우산을 준비할 필요가 없다는 말을 했다. 한동안은 정말 하루 한 번 비가 내리면 다시 비가 오는 일은 없었는데 어느 날부터는 기후 변화로 싱가포르 날씨도 오락가락하는 건지, 하루에 두 번이고 세 번이고 비가 올 때가 심심치 않게 있다.

비를 워낙 좋아해서 가끔은 일부러 맞기도 하지만 이렇게 물을 붓 듯이 쏟아지는 싱가포르 비는 얘기가 다르다. 우산을 써도 쏟아지는 비의 양이 엄청나 옷, 신발, 가방, 전자제품까지 모두 흠뻑 젖기도 한다. 뚝뚝 떨어지다 틈을 주지 않고 갑자기 쫘아 하고 쏟아지니,

조금씩 비가 굵어진다 싶으면 서둘러 근처 건물로 들어가는 게 상책이라는 걸 이곳에서 10년을 넘게 지내며 배웠다.

건물 안에 꼼짝없이 갇혔다면 그 안에서 해결할 수 있는 일들을 찾아본다. 언제 그칠지도 모르는 비를 보며 마음 졸이는 것보다 느긋하게 장을 볼 수 있는 슈퍼마켓이 있다면 장을 보고, 이런저런 상점들을 구경하기도 하고, 비를 바라보며 따뜻한 차 한잔할 수 있는 곳이라면 창가에 앉아 차를 마신다.

그런 것마저 할 수 없는 곳이라면 어디든 구석에 앉아 휴대폰을 켜고 미뤄둔 검색이나 인터넷 쇼핑, 주변 분들에게 안부를 묻는 일들을 한다.

그렇게 시간을 잊은 채 잠시 있다 보면 또 언제 그랬느냐는 듯 햇살이 쏟아지는 게 싱가포르 날씨의 매력이니 때를 잘 기다렸다 나가주면 된다.

그렇게 비가 올 때 난 '인생에서 타이밍은 정말 중요하구나'라는 생각을 하곤 한다. 타이밍 잘못 맞추면 흠뻑 젖을 수 있는 게 사람 일이니.

사람 관계에서도 적당한 시기에 등장해 주고 적당한 시기에 퇴장해

주는 것, 때가 아니면 기다려주는 일은 늘 필요하다.

친구들과 만났을 때, 남의 집을 방문했을 때, 무언가 큰 결정을 할 때, 자신이 등장할 때와 자리에서 일어날 시간을 잘 아는 것도 사람이 갖추어야 할 미덕이다. 그런 미덕을 갖추면 트러블이 적어지고 마음이 편해질 것이다.

나는 어릴 적에 "눈치가 참 없다"라는 말을 자주 들었다.

어느 자리에 가 사람을 만나도 그 전에 이 자리에서 무슨 일이 있었는지, 이 사람들의 인간관계를 파악하는 일은 좀처럼 쉽지가 않았다.

"눈치는 없었지만 나쁜 맘으로 그런 건 아니고 순수함이 보이니 용서가 된다"는 말도 몇 번은 들었지만, 도무지 눈치를 가지려고 해도 그게 잘 안 되는 게 사실이다. 나이가 들어 이젠 제법 눈치가 생겼다고 친구들이 위로답지 않은 위로의 말은 하지만 요리조리 잘 대응하는 눈치 백 단 같은 사람을 보면 여전히 부럽기만 하다.

아마도 나는 눈치가 없어서 적당한 시기에 등장과 퇴장을 하지 못한 적도 많았으리라.

나의 타이밍이 다른 이의 타이밍과 같을 거라고 생각하지도 말아야겠다.

나는 부모님께 받은 사랑을 다시 돌려드릴 타이밍을 맞추지 못했기에, 내 아이들을 위해 자신의 건강을 지키며 사는 일에 소홀하지 말아야 한다는 결심을 굳게 한다.

"엄마, 나랑 놀아줘." "엄마 바쁜데 숙제 다 했어?"라는 대화는 몇 년 후에 "엄마랑 점심 먹을까?" "나 바쁜데 아빠랑 먹어"로 바뀔 확률이 높으니 자식과 부모의 타이밍에 대해서도 깊게 생각해 보아야겠다.

싱가포르는 어떤가요

§

"싱가포르는 어떤가요?"

싱가포르에 사는 10년 동안 이 질문을 수도 없이 받았다.

그때마다 나의 대답은 한결같다.

"싱가포르는 정말 좋은 곳이에요. 변하지 않는 폭염 날씨만 빼고
요."

날씨만 치자면 싱가포르는 정말 마음에 들지 않는다. 싱가포르만큼
더운 홍콩이나 두바이도 짧지만 가을이 있어서 잠시 동안은 상쾌한
공기를 마실 수 있다는데, 싱가포르는 늘 한국의 폭염 기온처럼 덥
기만 하다. 에어컨 바람이 지긋지긋하고 신선한 공기가 그리워 창
문을 열면 후덥지근하고 습기 가득한 바깥 공기가 밀려 들어온다.
나처럼 바깥 공기 마시며 걷기 좋아하는 사람에게는 여간 힘든 일

이 아닐 수 없다. 잠깐 동안만 걸어도 온몸이 끈적끈적 땀으로 젖어 버리기 일쑤인데, 그런 날씨를 고려해서 싱가포르의 버스 정류장은 100~200미터 간격으로 매우 짧게 배치되어 있다. 워낙 덥고 축축한 날씨이다 보니 사람들이 짧은 거리를 걷는 것도 힘들어하기 때문이다. 물론 쇼핑몰처럼 에어컨 빵빵 터지는 곳에서는 하루 종일 걸을 수도 있겠지만 사실 나에겐 그런 곳을 걷는 건 재미없다.

그래서 때로 한낮의 더위를 피해 아침 일찍, 혹은 저녁 나절에 보타닉 가든 산책을 나선다.

보타닉 가든은 싱가포르에서 내가 가장 사랑하는 곳이다. 이 아름다운 정원을 걷는 일은 조금 선선한 바람이 부는 이른 아침에는 천국과도 같지만 빛이 센 오후엔 정말이지 권하고 싶지 않다. 그런 곳에서 길이라도 잃으면 절망이다. 경험상 하는 이야기다. 그래도 정원을 잘 아는 사람은 나무 그늘 사이사이로 걸을 수 있는 길만을 골라 한낮의 땡볕을 피할 수 있을지도 모르겠다.

보타닉 가든의 밤 산책도 추천할 만하다. 특히나 노을이 지는 즈음의 산책은 너무나 아름답다.

호수에 떠다니는 검은 백조, 프란지파니 향기 사이로 그네를 타고 있는 연인들, 밀림에서나 튀어나올 법한 커다란 도마뱀의 한 종류인 코모도, 병아리들을 끌고 가는 엄마 닭들 그리고 아침이든 밤이든 시도 때도 없이 울어대는 수탉들, 하늘 끝까지 뻗은 커다란 나무들과 여기저기 화려한 난꽃, 그리고 연못에 둥둥 떠 있는 연잎, 연꽃……. 그 아름다운 것들을 일일이 나열하기가 힘들 정도다.

이른 아침에 산책을 한다면 중국 전통 안무인 타이치를 하는 그룹 옆에 서서 구경을 해도 좋다. 아니면 함께 음악에 맞춰 동작을 따라 해봐도 좋다. 새벽 일찍 일어난 날은 나도 이 타이치 그룹과 함께 아침 운동을 하기도 한다. 아름다운 공원에서, 하늘로 뻗은 커다란 나무들 사이에서 상쾌한 아침 공기를 맡으며 전혀 다른 피부색의 사람들이 모여 함께 땀을 흘리고 대화를 나누는 일은 싱가포르에서 누릴 수 있는 즐거움이다.

싱가포르의 길을 걷다 보면 각양각색의 모습들이 지나친다. 유럽인, 히잡을 쓴 말레이시안, 중국인, 인도인, 모두 다른 피부색과 얼굴들. 그런 얼굴들을 하나하나 바라보며 걷는 일도 재미있다. 물론 이것도 한낮의 빛을 피해서라는 조건하에서.

싱가포르에서 살다 보면 이런 모든 인종이 함께 생활하니 지구촌이라는 말이 절실하게 다가온다. 싱가포르에선 옆집 일본 식구, 윗집 무슬림 시리안 식구, 앞집 중국 식구, 미국 식구들이 모두 함께 어우러져 만날 때마다 반갑게 인사하고 하루의 안부를 물으며 놀이터에서 함께 아이들을 놀린다. 이곳에는 반일이니 반무슬림, 반중, 반미 이런 감정은 없다. 내 옆에서 나와 비슷하게 생활하고, 함께 웃고, 일상의 이야기를 나누는 다정한 이웃들만이 있다.

아이들도 이런 환경에서 조금 더 넓은 견해로 세상을 바라보는 눈이 생길 것이다. 아이들이 싱가포르에 살면 자연스럽게 영어, 중국어를 배워 언어적인 도움이 되어서 좋기도 하지만, 무엇보다 다른 피부색과 다른 문화를 자연스럽게 학습하고 서로를 이해할 수 있는 환경에서 자라는 게 마음에 든다.

줄리, 이안이처럼 다문화 가정에서 자라는 친구들이 주위에 흔하게 있으니 이 때문에 외톨이라 느낀다든지, 문화적인 차이를 느낄 일도 없다. 일본 아이들과 포켓몬 놀이를 하고, 미국 아이들과 핼러윈을 즐기며, 우리 명절인 추석에는 떡을 선물하면서 서로를 조금씩 배워가는 것. 이보다 아이들에게 지구촌에 대해 더 쉽게 가르칠 방법이 있을까.

각기 다른 피부색의 사람들이 사는 만큼이나 음식 또한 지구촌이다. 중국인, 인도인, 말레이시안, 인도네시안, 일본인, 유럽인 등등 다양한 국적의 사람들이 함께 사는 곳이니 제대로 된 중국, 인도, 말레이시아, 인도네시아, 일본, 유럽의 음식들을 맛볼 수 있다. 음식이 맛있는 나라는 많지만 이렇게 많은 종류의 음식을 제대로 먹을 수 있는 나라는 싱가포르가 최고이지 않을까 싶다. '오늘은 뭐 먹을까?'라는 행복한 고민을 매일 하게 만드는 곳이다.

아, 먹는 거 얘기가 나왔으니 싱가포르의 과일에 대해 이야기하지 않을 수 없다.

싱가포르는 사실 대부분의 농산물을 수입에 의존한다. 주변국이 태국, 인도네시아 같은 곳이니 사시사철 맛있는 열대 과일과 호주에서 온 메디테라니안 과일들을 쉽게 접할 수 있다. 나처럼 하루 종일 과일만 먹어도 살 수 있는 채식주의자들에겐 천국이나 다름없다. 두리안, 망고스틴, 잭플룻, 캉콩, 애플망고, 드래곤플룻 등 한국에서 손쉽게 구할 수 없는 과일들이 지천이고, 게다가 호주 과일들은 모양까지 얼마나 아름다운지. 즙이 뚝뚝 떨어지는 호주 복숭아, 멜론은 생각만 해도 행복 지수가 올라간다.

싱가포르에선 과일 쇼핑을 하는 즐거움도 있지만, 다른 쇼핑도 빼놓을 순 없다. 여긴 쇼퍼들의 천국이니까. 쇼핑몰이 즐비한 싱가포르에선 쇼핑이 쉽다. 물론 이곳에서 오래 살아온 나로선 이렇게 쇼핑몰이 늘어가는 게 반가운 일만은 아니지만 관광객들에게는 쇼핑몰 안에서 많은 것을 해결할 수 있다는 편리함이 있다. 나 또한 싱가포르에 처음 왔을 때에는 한동안 이 쇼핑 문화에 젖어 자주 찾곤 했다.

쇼핑 얘기를 하다 보니 쇼핑몰에서 물건을 사고는 두고 온 일이 생각난다.

하루는 쇼핑몰에서 물건을 사고 지하 식품점에서 점심을 먹고 이곳 저곳에서 볼일을 보다가 쇼핑한 물건들을 식품점에 놓고 온 일이 있었다. 물건을 놓고 온 걸 집에 와서야 깨달았는데, 시간이 너무 지나긴 했지만 혹시나 하며 쇼핑몰 식품점을 다시 찾아갔다. 그곳에 다시 도착했을 땐 이미 저녁 시간이라 사람들이 너무 붐벼서 앉을 자리를 찾기 힘들 정도였는데, 그 꽉 찬 사람들 사이로 비어 있는 테이블이 하나 보였다. 빈 테이블 의자에는 오전에 내가 두고 갔던 쇼핑백이 구김 하나 없이 놓여 있었다. 사람들이 누군가 잠깐 쇼핑백을 놓고 자리를 비운 것이라 생각하고는 테이블을 계속 비워놓은 것이다. 잃어버렸던 물건을 찾아 자리를 비우니 그제서야 음식을 들고 자리를 찾는 사람들이 앉는다.

싱가포르 사람들은 이렇듯 웬만하면 다른 사람에게 피해를 끼치려
하지 않는다.

물론 강력한 법을 가진 나라이기 때문에 사람들이 법을 잘 따를 수
밖에 없는 이유도 있겠지만, 싱가포르 사람들 자체가 굉장히 순하
고 다른 사람에게 피해를 주지 않으면서 묵묵히 자신의 것을 찾아
가는 스타일이다. 거리에서 관광객이 길을 잃어 헤매고 있으면 먼저
다가가 도움을 주는 친절함도 있다.

가끔은 어떤 규칙이나 룰이 주어지면 그걸 맹목적으로 지키기도
한다.

한번은 줄리를 임신한 만삭의 몸으로 좋아하는 아이스크림 집을 찾
았다. 그 아이스크림 집의 흑미 아이스크림이 너무 먹고 싶어 커다
란 배를 짊어지다시피 하고 가서는 "흑미 아이스크림 주세요"라고
했더니 판매 규칙이 바뀌어서 한 가지 맛 아이스크림은 안 되고 두
가지 맛을 골라야 한단다. '아, 두 스쿱을 먹어야 하는 거구나' 생각
하고 "그럼 흑미 아이스크림을 두 스쿱 주세요" 했더니 종업원이
규칙에 어긋나니 다른 맛 한 가지를 더 고르라는 것이다.

아니, 왜 같은 맛의 아이스크림을 두 번 선택하면 안 되는 걸까. 도무지 이해할 수가 없어 "그냥 퍼 주시면 안 돼요?"라고 졸라봤더니 갑자기 매니저가 나왔다. 매니저가 나왔으니 뭔가 해결이 되겠지 하고 자초지종을 얘기했다.

"나는 오로지 흑미 아이스크림 한 가지 맛만 원하니 이 맛을 두 번 퍼 주시면 되지 않을까요?"

하지만 매니저 역시 규칙이기 때문에 두 종류의 아이스크림을 고르지 않으면 팔지 않겠단다. 도무지 이해할 수가 없어 아이스크림을 먹지 않고 다시 남산만 한 배를 짊어지고는 집으로 돌아온 일화.

아직도 다 이해할 수는 없지만 그 후론 싱가포르에서는 주어진 규칙을 웬만하면 지키려고 한다.

어떤 편법이나 한국에서 받던 고급 서비스 같은 걸 기대하지 않는다. 그래도 그런 규칙들로 인해 주변이 깨끗하고 공정해지는 것도 사실이니.

싱가포르의 이런저런 장점이 많지만 그래도 누군가 싱가포르와 한국 중 어디에 사는 게 좋으냐고 물으면 난 반반이라고 대답한다. 싱가포르는 지금껏 나열한 많은 장점이 있어서 좋고 한국은 한국 나름의 매력이 있어 좋다.

솔직히 말하면 한국이든 싱가포르이든 가장 편안한 곳은 내가 발

뻗고 편히 쉴 수 있는 집이 있고 사랑하는 가족이 있는 곳이다.

사람 사는 집

§

정리 정돈이 잘된, 지나치게 깔끔한 집보다는 이것저것 작은 물건이 널려 있는 집이 사람 사는 곳 같아 좋다. 그것이 아이들이 놀다 두고 간 작은 장난감이나 인형이라면 더 정겹다.

누군가가 잠시 머물다 간 흔적이 있는 공간. 내가 사는 집도 그런 곳이 되길 원한다. 깨끗한 책상을 바라보는 것보단 누군가가 끼적이던 예쁜 글씨가 적힌 종이 너덧 장과 펜이 놓여 있다면 따뜻한 마음이 더해진다. 누군가의 메마른 입술을 축였을 듯한 먹다 만 물이 든 컵이 놓여 있는 식탁도 좋다. 깨끗이 빤 젖은 행주가 걸려 있는 주방도, 빨랫감이 적당히 쌓인 빨래 소쿠리도 보기 좋다.

예전에 집을 구하러 보리스와 모델하우스에 구경을 간 적이 있다. 집 구조를 여기저기 설명하던 남자분이 "이런 집에 살면 호텔에 온 듯한 느낌을 받으실 겁니다"라고 자랑스레 말을 하자 보리스는 "호텔 느낌을 원하면 호텔에 가서 자면 돼요. 전 집을 구하러 왔어요"라고 대답했다. 모델하우스 직원은 잠시 당황했지만 난 보리스가 말하고자 한 의미가 무엇인지 정확히 알아차릴 수 있었다.

사람 사는 맛이 있는 집.
아름답지만 차가운 공간이 아니라 사람 사는 따뜻함이 있는 공간.

부엌 공간엔 좋아하는 식기들로 채워져 있고, 낮에는 햇살이 들어와 도마와 행주가 잘 마를 수 있는 곳.
침실과 거실엔 그동안 읽었던 책, 읽고 싶은 책들로 가득해 언제라도 쉬면서 좋아하는 책을 들춰 볼 수 있고, 테라스 한쪽에 향기로운 허브들이 행복하게 자라날 수 있는 곳.
그런 곳들이 사람 사는 공간처럼 느껴져 좋다.

서울의 화려한 야경을 바라보며 저 많은 집들 중에 내 집 하나 없는 게 속상하던 시절이 있었다. 언젠가 저 야경 속에 빛나는 불빛 중 하나는 내 것이 되기를 소망했다. 모델 일로 어느 정도 돈을 벌었을 때 은행 대출을 받아 작은 빌라 맨 꼭대기 집을 하나 장만하며 나의 소망은 이루어졌다. 60제곱미터(18평)짜리 자그마한 빌라이지만 앞에는 한강도 보이고 느림보 지하철 1호선이 지나다니는 게 어느 철길 옆 시골집을 연상시켜 덥석 계약을 해버렸다. 동쪽에는 커다란 창들이 있어 아침형 인간인 내가 햇살을 받으며 일어날 수 있는 적절한 공간이기도 했다.

짓던 집에 기존 인테리어를 멈추고 내가 직접 하겠노라고 해서 다른 인테리어 공사팀이 들어갔다. 공사비가 집값의 반이 들었지만 내가 살 공간을 직접 만드는 기쁨은 여태껏 가져본 어떤 기쁨과도 견줄 수가 없었다.

요리를 좋아하니까 부엌은 거실과 훤히 연결했고, 좋아하는 모로코 등도 달았다. 바닥도 벽도 타일도 조명도 신기하게도 모두 내가 원하는 대로 집이 지어졌다. 비록 작은 집이지만 나에게도 서울의 예쁜 야경이 되어줄 불빛 하나가 생긴 거였다. 친구들을 초대했고, 매일 요리를 했으며, 늘 원하던 대로 초록색 벽 타일이 있는 욕실에서 목욕을 했다. 마침내 난 내가 그리던 동화 속 주인공이 되어 그 동화 안으로 들어가 있었다.

보리스가 그 작은 집에 처음 방문했던 날, 너 같은 여자와 결혼을 해도 좋을 것 같다는 말을 했다. 그 말에 기분이 또 좋아져서 한동안

집 꾸미기에 다시 몰입했던 적도 있다. 지금도 가끔 보리스는 그때 일을 두고두고 말하곤 한다.

"여자로서 자신의 힘으로 집을 마련하고 그 집을 취향대로 꾸밀 줄 아는 것, 그리고 씩씩하게 집을 고치고 무언가를 만드는 모습이 보기 좋았다"고.

보리스와 결혼을 하고 싱가포르에 와서는 아이들을 키울 공간이기에 제법 신중하게 집을 골랐다. 오래 살아도 질리지 않을 컬러들을 사용하고, 늘 그렇지만 부엌은 거실 한복판에 제일 커다랗게 배치했다.

싱가포르 사람들은 외식을 하는 식습관이 있어 부엌을 굉장히 작게 만든다. 게다가 집집마다 가사 도우미를 두기 때문에 그들이 일하는 공간을 거실과 독립시켜 놓는다. 그래서 싱가포르 집의 부엌은 대개 저 구석으로 들어가 문을 콕 닫고 집 식구들과 떨어진 채 혼자 열심히 요리만 할 수 있는 공간이다.

나는 그렇게 틀어박혀 요리를 하면 심통이 날 것만 같다. 요리를 하면서도 식구들과 끊임없이 소통을 하고 싶어서 이 부분에 제일 신경을 썼다. 요리하는 시간이 하루의 반인데 혼자 외톨박이로 떨어진 채 일하는 부엌데기가 되긴 정말 싫었기 때문이다. 누군가에게 맛있는 음식을 해주며 이야기를 하고, 식사가 끝난 후에도 자연스럽게 설거지를 하며 대화를 이어갈 수 있는 곳이 내가 원하는 부엌이다.

또 한 가지, 보통의 싱가포르 집들은 실내가 굉장히 어둡다. 워낙 더운 열대 나라이다 보니 창으로 햇살이 쏟아지는 걸 막아 집을 서늘하게 만들기 때문이다. 우리 집도 내가 원하는 만큼의 햇살은 들어오지 않는다. 그렇지만 햇살이 잘 드는 조그마한 테라스가 있어 그곳에 각종 허브들을 키운다. 바질, 민트, 로즈메리, 심지어는 라임 나무, 파파야 나무도 있다.

테라스에 허브를 키우면 요리할 때 신이 난다. 평범한 구이 요리도 로즈메리 하나를 더 넣으면 기품이 달라지고, 수박이나 복숭아도 가지런히 잘라서 바질이나 민트를 얹어주면 호텔 디저트 부럽지 않다. 그래서 난 그 조그마한 정원에 하루에도 몇 번이나 들르는지 모른다. 들를 때마다 잊지 않고 싱그러운 허브 냄새를 선물해 준다. 아름다운 향기를 맡고 요리를 하는 일, 이게 나에겐 진정 아름다운 삶이다.

꼭 내가 소유한 집이 아니더라도 따뜻한 공간을 만들 수 있다.

예전에 살던 나의 반지하 월셋집은 벽지를 바꾸고 조명 가게에서 직접 고른 조명을 다는 것만으로도 훨씬 아늑한 공간이 되었다. 집주인 아줌마에게 허락을 받고 목욕탕 타일도 바꾸었다. 얼마나 살고 이사 나올지 모르지만 조금 손해 보더라도 아름답고 따뜻한 공간은 매일 나를 행복하게 안아줄 테니 그만큼 투자할 가치가 있다고 생각했다.

그렇게 나만의 공간으로 꾸미고 나니 집에 있는 시간이 어느 곳에 있는 시간보다 좋았다.

나에게 집이란 곳은 최고의 레스토랑이자 애정을 갖는 도서관이며 내가 돌아올 때마다 나를 안아주는 곳이다. 집 안 어디에 있어도 따뜻한 마음이 들 수 있는 공간이길 원한다.

대체 뭐 먹고 사니

§

무언가를 넣었을 때 입안에서 아삭거리는 게 좋다.

향기가 있는 것이 좋다. 그것이 자연에서 온 향이라면 더더욱 좋다.

가끔 식당에서 주문할 때 샐러드를 두 개 주문하기도 한다. 샐러드를 먹고 메인을 꼭 먹어야 하는 법은 없으니, 커다란 샐러드 접시 두 개를 내 앞에 두고 입안에서 터져나가는 아삭함과 상큼함을 마음껏 즐기면 된다.

그리스에서 여름을 보낼 때면 아침 일찍 일어나 제일 먼저 무화과나무로 걸어간다.

아침 무화과나무에서 나는 향은 아직도 잠에서 깨어나지 않고 달콤한 꿈을 꾸는 것처럼 싱그럽다. 아담 앞에서 부끄러움을 처음 느끼고 무화과 잎으로 자신의 신체를 가렸던 이브에게서도 이렇게 싱그러운 냄새가 났을까? 여기저기 살펴보다가 가장 잘 익은 녀석 몇 개를 손에 쥐고 그 싱그러움을 부엌으로 가져온다. 무화과와 함께 바나나, 여름 복숭아, 살구를 배가 가득 부를 만큼 실컷 먹는다.

이게 내가 가장 사랑하는 아침 식사다.

때로는 어제 구워놓은 빵 위에 무화과를 얹고 민트나 바질을 살짝 얹거나, 바나나 위에 계핏가루를 잔뜩 뿌린 타르틴을 만들기도 한다. 사과 주스나 오렌지 주스에 귀리를 말아서 먹기도 하고, 쌀쌀한 날에는 귀리에 바나나나 아몬드 밀크 혹은 배즙을 섞어 포리지를 만든다.

한국 음식이 그리운 날은 현미죽을 만들거나 조금 짭짤한 찹쌀팥죽을 만들고, 찹쌀옥수수가 있는 날은 옥수수만으로 배가 부를 때까지 채우곤 한다. 그것도 아니면 늘 만들어놓는 견과류와 말린 과일이 가득한 무슬리를 쌀우유에 섞어 간단히 먹으면 그만이다.

나의 아침은 이렇게 싱그러운 것들로 가득 차 있다. 살아 있고 향기로운 것들로 아침을 시작하는 시간이 하루 중 가장 즐겁다.

점심때가 되면 통곡물로 배를 불린다.

현미밥을 가득 담고 상추, 파, 당근, 오이, 깻잎, 고추 등 아삭거리는 아이들을 잔뜩 쌓아 놓은 뒤 된장에 발라 쌈을 하고, 때로는 현미밥에 달래장이나 양파장을 만들어 케일이나 생김과 함께 비벼 먹기도 한다. 어제 끓여놓은 시원한 콩나물국에 도토리묵과 찬밥, 김치를 넣어 묵밥을 만들기도 하고, 통밀 파스타에 마늘, 고추, 채소 가득 넣어 먹기도 한다. 메밀국수에 비트나 사과, 겨자간장 소스를 넣고 골동면을 만들어도 그만이다.

무엇보다 제일 좋아하는 건 토마토 통밀 스파게티에 매운 고추 넣은 것. 토마토소스에 매운맛을 넣으면 어릴 적 먹던 떡볶이 맛이 나기도 한다. 한국 음식 없는 그리스에서 몇 달 동안 꿋꿋하게 버틸 수 있는 건 그리스에 토마토소스가 넘쳐나기 때문이다. 인스턴트 라면이 먹고 싶어질 때엔 된장국을 끓여 현미밥을 말아 먹는다. 물론 좋아하는 매운 고추를 가득 넣고서 말이다.

간식으로는 통밀 비스킷에 코코아와 메이플 시럽을 가득 발라 먹곤 한다. 갓 구운 빵에 아보카도를 으깨고 코리앤더를 올려 배를 불리기도 한다. 요리 실력을 발휘해 메밀가루와 아몬드 가루를 섞어 초콜릿 브레드나 바나나 브레드도 자주 만든다. 그것도 아니면 캐슈

너트나 아몬드를 한 움큼 주워 먹고 과일들로 배를 불리면 그만이
다. 테라스에서 허브를 한가득 따 와 과일과 섞어 먹으면 천국이 따
로 없다.

저녁은 샐러드 위주로 먹는다.

남편의 프랑스적 습관으로 한국에서처럼 저녁을 일찍 먹지 못하고
여덟 시쯤 늦은 저녁을 먹는 일이 잦다. 무거운 걸로 배를 채우면 잠
을 뒤척이기에 가볍게 먹으려고 노력한다. 오후 서너 시경에 간식을
좀 많이 먹는 안 좋은 습관이 있어서이기도 하고.

가벼운 식사로는 샐러드만 한 것이 없다. 냉장고에 보이는 신선한
채소들을 몽땅 넣고 상큼한 레몬으로 드레싱을 만들면 된다. 과일
과 채소가 함께 들어간 샐러드를 좋아한다. 상춧잎에 배나 오렌지
를 함께 넣는다든지, 케일 잎에 사과를 함께 섞으면 또 색다른 맛이
난다.

당근 비트 같은 뿌리채소만으로 샐러드를 만들어도 근사한 한 끼
식사가 된다. 애호박이나 가지를 구운 채소 샐러드도 좋고, 오늘 구
운 샤워도우 빵에 마늘을 바르고 토마토를 가득 얹어 브루스케타
를 만들어도 좋다. 바람이 불거나 비가 오는 조금 추운 날엔 따뜻한
채소 수프를 만들기도 한다. 고소한 감자 수프나 달콤한 호박 수프

도 빼놓을 수 없는 저녁 메뉴다.

서양식 식사가 입에 물리면 나물로 한국식 상차림을 한다. 시금치나 당근 무나물, 말린 고구마순, 말린 고사리, 시래기나물처럼 어릴 적 향수를 불러일으키는 나물류는 내가 가장 사랑하는 음식이다.

채식을 하면 그동안 둔했던 미각이 살아나 몰랐던 작은 맛과 향기들이 혀끝에서 느껴지는데 채소와 과일들을 입안에 넣고 하나씩 그맛을 음미하는 일이 즐겁기만 하다. 그렇게 끊임없이 오물거리며 먹는 나를 보고 지인들이 종종 놀리기도 한다.

먹는 양도 어마어마하다. 특히나 점심때는 옛날 농촌에서 먹었을 법한, 대접 가득 산처럼 올라온 고봉밥을 먹는다. 파스타도 2인분은 거뜬히 해치운다. 간식으로 커다란 사과를 서너 개 먹기도 한다.

그렇게 하루 종일 좋아하는 것들로 배를 채우고 나면 잠들기 전엔 정말 배가 많이 나온다. 섬유질 가득한 것들로 배를 채우니 당연한 일이다. 그래도 속이 거북하거나 부대끼는 느낌은 없다. 배가 나와도 내일 아침엔 모든 게 소화돼 다시 홀쭉한 배로 돌아갈 거라는 걸 알기에 스트레스도 없다.

채식을 하면 먹을 게 별로 없을 거라 생각하는 사람들이 있지만 난 먹을 게 너무 많아 무엇을 먹을지가 매일의 고민이다. 생명력 넘치는 살아 있는 음식들로 배를 불리는 일이 마냥 행복하다.

시장에서 얻어 오는 행복

§

"지영아! 시장 가자."

엄마가 부르면 친구들과 분꽃 사이를 숨어가며 놀던 숨바꼭질도 포기하고 한달음에 엄마한테 달려가곤 했다. 엄마를 따라 시장에 가는 일은 언제나 신이 났다. 엄마 손잡고 발을 굴러 걸으면서 신선한 채소나 생선들을 구경하는 일은 친구들과 노는 거보다 훨씬 재미있는 일이었다.

난 시장이 좋다.

자주 보는 정겨운 얼굴이 있으면 더더욱 좋다. 늘 가던 채소 가게 아줌마는 엄마가 오면 환하게 웃으며 농담을 주고받곤 했다. 달걀 열개, 콩나물과 두부는 늘 엄마의 필수 쇼핑 리스트였다. 채소 가게에서 엄마가 아줌마랑 농담을 주고받고 있을 때면 나는 엄마 주머니에서 몇백 원을 꺼내 혼자 콩나물과 두부를 사 가지고 와서 자랑스럽게 엄마 얼굴 앞으로 내밀곤 했다.

생선 가게도 빠지지 않는 단골이었다. 어떤 날은 꽁치, 어떤 날은 갈치, 그리고 어떤 날은 고등어. 그 비린내 나는 것들을 커다란 나무도마 위에서 네모나고 커다란 칼로 내리치는 장면은 언제나 충격적이어서 시선을 뗄 수가 없었다. 생선 가게 아저씨가 자른 생선들을 신문지로 돌돌 말아 건네주면 난 얼굴을 돌려 엄마 뒤로 숨곤 했다.

시장에 가면 지나치는 가게마다 코를 킁킁거리며 그 냄새를 맡곤 했다. 술빵 냄새, 호떡 냄새, 빈대떡 냄새, 김치 가게 고춧가루 냄새. 운이 좋은 날은 가끔 엄마를 졸라 그렇게도 좋아하는 어묵 꼬치 하나를 얻어먹기도 했다.

시장에서 놀아오면 늘 허기가 졌다. 부엌을 몇 번이나 들락날락하며 아까 사 온 먹거리들이 상 위에 올라오는 순간만을 기다리곤 했다. 엄마와 시장에 다녀온 날은 맡았던 온갖 시장 냄새들이 모두 섞여 날 행복하게 해주곤 했다. 두부 동동 떠 있는 된장찌개 보글거리는 소리와 말갛게 삶아진 콩나물 무쳐지는 소리는 행복의 덤이었다.

엄마는 요리 솜씨가 좋았다. 뭐든 뚝딱뚝딱 해내는데도 다 맛있었다.

내가 가장 그리워하는 것이 있다면 엄마가 해주는 맛있는 요리들이고, 가장 후회하는 것이 있다면 그 요리들을 배우지 못한 것이다.

싱가포르에서도 가끔씩 재래시장을 찾는다. 이곳에서 산 지도 10년이 넘은지라 단골집도 좀 있고, 나에게도 엄마의 채소 가게 아줌마처럼 농담을 걸어주고 안부를 묻는 꽃집 언니가 생겼다. 가끔 현금을 충분히 가져가지 못한 날은 외상을 해주기도 한다. 내가 미안하다며 다음에 사겠다고 말해도 돈은 언제라도 주면 된다며 커다란 꽃다발을 내 가슴에 안긴다. 싱가포르 인심도 한국 인심 못지않다. 과일 가게 아줌마는 내가 산 과일들 위로 먹어보라며 이것저것 덤을 한가득 올려주기도 한다.

장을 다 보면 한국에서 그랬던 것처럼 시장 음식으로 요기를 한다. 내가 싱가포르 시장에서 제일 좋아하는 건 '레드빈 파우'라고 하는 단팥호빵이다. 찜기에서 방금 꺼낸 하얗고 따뜻한 호빵을 반으로 가르면 달콤한 팥이 김을 모락모락 내며 날 또 행복하게 만든다. 입 안 가득 퍼지며 녹아 내리는 달콤함은 아침 일찍 일어난 피로까지 말끔히 풀어주는 것 같다.
집에 돌아오면 사 온 물건들을 하나하나 정리한다.

아보카도나 바나나, 복숭아, 망고 같은 열대 과일들은 바구니 한가 득 담아 부엌 한편에 두면 아름답기도 하지만 익어가는 과일 향기에 부엌 일이 즐겁기까지 하다. 복숭아 향기, 망고 향기, 파인애플 향기가 집 안 가득 퍼지면 테라스에서 민트를 딴다. 맛있는 과일 샐러드를 만들어야 할 시간이 왔다는 신호다.

시장에서 사 온 음식들을 하나하나 정리해 냉장고에 차곡차곡 쌓아 두면 왠지 부자가 된 것 같아 마음이 든든하다. 한동안은 냉장고 문을 열 때마다 이것저것 요리할 일로 마음이 바빠지겠지만, 그걸 요리할 때마다 식구들이 엄지손가락 내밀며 맛있다고 해줄 테니 냉장고 안에 행복을 저축한 듯하다. 시장에서 따 온 행복을 냉장고에 저장해 두고 조금씩 조금씩 만끽하면 되는 거다.

된장찌개 보글거리는 소리, 과일 익는 냄새, 프라이팬 속에 양파 볶는 소리, 찜기에서 나는 옥수수 삶는 냄새를 하나씩 펼쳐서 행복해지면 된다.

그 행복이 다 떨어져갈 즈음엔 장바구니 들고 다시 난 시장으로 갈 테다.

바나나

§

이제 갓 생후 스무 달 되어가는 어린 이안이는 바나나를 좋아한다. 입맛 없는 아침에 온갖 오가닉 시리얼이며, 주스며, 한국식 국물 요리 다 거부하고는 바나나 하나 훌떡 먹어버리기 일쑤다. 아직도 바나나 발음을 잘 못해 "바아, 바아아" 하며 내 다리를 잡고 조른다. 건강에 좋다기에, 조를 때마다 순순히 주게 된다.

요즘에야 바나나가 싸고 널렸지만 예전엔 참 귀한 과일이었다. 비행기 타고 오는 과일이라 그랬던 거 같다. 딸기처럼 겨울에만 먹을 수 있었는데, 그 이유는 모르겠다.

어느 해 크리스마스이브날 밤, 아빠가 바나나 한 다발을 사 와 구석 저만치 숨기는 걸 목격한 적이 있다. 다음 날 아침, 일찍 일어난 언니들이 산타 할아버지가 놓고 갔다며 남보다 조금이라도 더 먹으려 허겁지겁 바나나를 삼켜대고 있었다. 나 또한 질세라 달려들어 먹었다. 딸 넷이 좋아라 하는 모습을 지켜보던 그때 아빠의 표정은 지금도 가끔 생각이 난다.

입안에 든 바나나를 꿀꺽 삼키며 둘째 언니가 말했다.

"부잣집에서는 밥 먹고 후식으로 바나나를 하나씩 먹는대!"

충격이었다. 매일매일 바나나를 먹는구나, 부자들은.

사실 난 바나나가 별로였다. 언니들이 좋아하니까, 귀한 거니까, 아니 부자들이 먹는 거라니까 엉겁결에 바나나를 오물거렸다.

성탄절날 언니들은 만나는 친구들마다 오늘 바나나를 먹었다며 자랑을 했다. 나도 덩달아 기분이 좋았다. 바나나를 가져온 게 산타가 아닌 아빠라는 사실을 아는 나는 우리 아빠가 부자라는 생각에 조금 거만해지기까지 했다.

'그래, 난 바나나 먹는 부잣집 딸내미다!'

요즘엔 아침마다 바나나를 먹는다. 하얀 아몬드 우유에 콘플레이크를 쏟아붓고, 바나나를 조각조각 썰어 넣는다. 오늘 아침 바나나는 달고 고소하기까지 하다.

'생각해 봐. 내가 이렇게 매일 아침 바나나를 먹는 부자가 된 걸.'

바나나를 오물거리는 나의 양 입꼬리가 쓰윽 올라간다.

나는 홈 베이커

§

요즘은 매일 빵을 굽는다.

호주에서 맛본 '우드파이어 브레드', 한국에서 맛본 '타르틴 브레드'가 그리워서 빵을 굽기로 결심했다.

사실 싱가포르에서는 맛있는 빵을 찾기가 힘들다. 서울 이곳저곳에서 아티잔 브레드를 파는 걸 보면서 싱가포르는 시골이라고 투덜대기도 했다. 심지어 지난번 놀러 갔던 방콕에도 제대로 된 사워도우 집이 있는데 왜 싱가포르엔 없을까?

난 사워도우 빵이 좋다. 우유나 버터, 달걀, 설탕을 전혀 넣지 않은 천연 발효의 가장 빵다운 빵. 담백함 끝에 느껴지는 고소함과 건강함. 사워도우란 말은 화학 이스트를 쓰지 않고 천연 이스트를 사용해서 빵을 만든다는 말인데, 요즘은 이 화학 이스트를 조금은 첨가해도 사워도우라는 말을 쓰기도 하는 듯하다.

제대로 건강한 이스트를 만들고 싶어 매일매일 밀가루와 물을 넣고 발효를 시켰다. 하루를 발효시키고 다음 날 다시 새로운 밀가루와 물을 부어 밥을 주고. 남들은 4~5일 만에도 건강한 이스트가 생긴다는데, 나의 스타터는 4~5일이 지나고 나니 썩은 곰팡이 냄새만 가득했다. 그래도 포기하지 않고 매일 새 그릇으로 옮겨 가며 밥을 줬다. 그렇게 3주가 흐르고 마침내 이스트를 담아놓은 병이 폭발할 듯 부풀어 올랐다. 매끈매끈한 이스트에서 할머니가 마시던 향긋한 막걸리 냄새가 났다.

아, 이렇게 흥분될 수가. 드디어 이 천연 이스트로 빵을 구울 수 있는 것이다.

이스트가 준비되는 삼 주 동안 참 많은 종류의 빵 서적을 읽었다. 열심히 공부한 덕분인지 처음 만든 빵도 그럴싸하게 잘 나왔다. 성공한 첫 번째 빵 이후로 자신감이 가득해진 나는 거의 빵에 미쳐 살고 있다. 새벽에 일어나 밤새 발효시킨 빵을 굽고, 또다시 새로운 빵을 만들 이스트에 밥을 주고, 도우를 만들고 다시 발효를 시키는 일을 반복한다. 엄마 가슴처럼 매끈매끈 말랑말랑한 도우를 만지는 일은 질리지 않는다. 이런 도우를 만지는 걸 싫어하는 사람도 있을까?

내가 만든 빵을 주변 사람들에게 선물해 주는 일도 좋다. 별거 아닌 빵이지만 정성이 가득 담겨 있으니 적어도 내 정성의 맛은 나지 않을까 하는 생각으로 작은 정성과 행복을 좋아하는 사람들에게 보낸다.

아침마다 집 안 가득 풍기는 빵 냄새가 좋다. 학교에서 돌아온 줄리, 이안이 엄마 빵이 먹고 싶다고 말하는 것도 듣기 좋다. 그러고 보니 빵을 만들고 좋은 것들이 더 많이 생겼다.

빵은 진정한 과학이라 작은 차이가 결과물에 그대로 나타난다.
이 초보 홈 베이커는 하루에도 몇 번이나 "야호!" 혹은 "이게 아닌데⋯⋯"라는 말을 반복하는데, 밀가루의 성질, 집 안의 온도, 습기, 발효 시간, 오븐의 온도, 굽는 시간의 작은 차이에도 전혀 다른 빵이 나올 수 있기 때문이다. 그 차이를 매일 체험해 가며 '내일은 좀 더 나은 빵이 나올 거야'라고 밤마다 상상을 하며 잠이 든다.

토요일 오후에는 도우를 만들고 밤새 냉장고 안에서 저온 숙성시켰다가 일요일 아침에 빵을 굽곤 한다. 오븐 속에서 갓 나온 빵은 빵 냄새 맡으며 일어난 식구들의 타르틴이 된다. 집에서 천연 효모로 만든 빵은 겉은 고소하고 안은 촉촉해서 빵을 잘라 토스터에 따로 데우지 않고 바로 먹는다. 야들야들한 속살을 품은 빵에 라즈베리 잼을 가득 발라 입안에 넣는다.

일요일이 좋은 건 바쁘게 아침을 먹지 않아도 되니까. 최대한 입속의 축제를 천천히 음미할 수 있다.

갓 구운 빵도 맛있지만 사실 빵이 가장 맛있을 때는 오븐에서 꺼내 네다섯 시간이 지난 후다. 주중 아침에 빵을 구워놓은 날은 바쁜 오전 스케줄을 보내고 허기져 집에 돌아온 점심시간이 가장 맛있는 빵 시간이기도 하다.

점심으로 자주 먹는 메뉴는 아보카도 토스트. 아보카도를 잘게 썰어 빵에 차곡차곡 올린 뒤 락솔트와 후춧가루를 뿌려 먹는다. 냉장고에 코리앤더가 있으면 얹어 주고, 쪽파나 부추 같은 것도 있으면 함께 올린다. 고춧가루를 뿌려도 의외로 맛있다.

좋은 빵이 있으면 샐러드도 수프도 그 맛이 배가된다. 샐러드에 싸서 혹은 수프에 찍어 먹는, 제대로 된 사워도우는 정말 맛있으니까.

빵을 구운 날은 간단하게 샐러드나 수프만 곁들여 식사 준비를 해도 좋다.

시간이 지나 조금 딱딱해진 빵은 우유에 담가놓았다가 프렌치 토스트를 만들어 먹기도 하는데, 보통은 빵이 신선할 때 슬라이스해서 냉동실에 보관을 하고 필요한 만큼 꺼내 해동해 먹기 때문에 빵이 딱딱해질 때까지 남아 있질 않는다. 빵은 냉동실에 보관하면 신선함이 오래가지만 냉장실에서 보관하면 빵 맛이 많이 떨어진다. 그래서 냉장실에서 하루이틀 정도 보관한 빵은 토스터에 구워서 먹고, 냉동실에서 보관했던 빵들은 자연스럽게 해동해서 촉촉한 상태로 먹는다.

좋은 빵은 먹고 난 후에도 배가 편안하다. 특히나 통곡물 위주의 빵은 건강에도 좋다. 유기농 통곡물 가루에 천연 효모로 만든 빵이니까 빵을 너무 좋아하는 보리스가 매일 점심 샌드위치로 혹은 저녁으로 먹어도 안심이 된다.

보리스는 매일 과일 샐러드, 채소 샐러드 한 종류씩과 빵 한 덩어리를 점심 도시락으로 싸 간다. 사실 천연 효모 빵을 집에서 만들기 시작한 이유도 빵을 많이 먹는 보리스를 위해서였다. 건강에 좋지 않은 빵을 먹는 게 늘 마음에 걸렸는데, 집 빵으로 바꾼 후부터 도시락 먹는 시간이 즐겁고 속도 편해졌다며 좋아한다. 심지어 친구들에게 내 빵을 선물하며 자랑도 한다.

또 한 가지 더 좋은 점!

빵을 만들다 보면 천연 사워도우 피자도 쉽게 만들 수 있다. 보통 빵 반죽은 저온에서 8~12시간 숙성을 시키는데, 피자 반죽은 이스트를 조금 적게 넣고 2~3일 동안 숙성을 시킨다. 숙성을 잘 시킨 도우를 뜨겁게 데운 프라이팬에 펼쳐놓고 토핑을 얹은 후에 오븐 기능을 그릴에 맞춰놓고 250도 이상의 오븐에 넣어 몇 분간 데우면 이탈리언 화덕 피자 못지않은 피자가 만들어진다.

우리 식구들은 입맛이 다 달라서 취향에 맞춰서 토핑을 올려 먹는다. 그게 홈메이드의 매력이기도 하고. 이안이는 페퍼로니 피자, 줄리는 치즈 피자, 보리스는 무화과와 페타치즈 피자를 만들어 주고, 난 한국식으로 마늘, 파, 고추를 가득 썰어 올려 구운 피자를 먹는다.

빵 하나로 이렇게도 식탁이 풍성해진다.

빵을 조금 더 건강하게 만들고자 요즘은 밀을 직접 가는 맷돌 같은 기계를 새로운 위시리스트에 올렸다. 빵 만드는 시간이 조금 더 늘

어나겠지만 그때그때 바로바로 밀을 갈아서 만드는 신선한 빵은 얼마나 맛있을지 상상만으로도 입안 가득 침이 고인다. 하지만 가격이 조금 비싸서 몇 달째 내 위시리스트 안에서 머물고 있는 중이다.

'베이커리에서 그냥 사 오면 될 걸. 그 빵 한 조각을 만들려고 저렇게 시간과 노력을 들일까' 하고 생각하는 사람도 있겠지만, 그래도 한 번이라도 제대로 된 빵의 맛을 즐겨본 사람은 나의 마음을 이해할 것이다.

바삭함 속에 어우러진 촉촉한 식감과 건강한 맛. 많은 시간과 노력을 기울인 후에야 맛볼 수 있는 그 맛은 직접 만들 때 더 배가된다. 그 맛을 잊지 못해서 늦은 밤까지 빵 서적을 들추고 새벽잠을 설치며 오늘도 오븐을 데우고 빵을 굽는다.

수련의 시작

§

쉽지는 않은 결정이었다. 마흔을 훌쩍 넘긴 나이와 손목 부상, 아이들 케어를 제대로 할 수 없을지도 모른다는 미안함.

요가 이전에 필라테스를 꽤 오래 해왔다. 한국에 필라테스가 처음 들어왔을 때부터 했으니 십몇 년은 된 듯하다. 필라테스는 나의 배에 예쁜 근육들을 만들어줬지만 운동 후에는 늘 피로감이 몰려왔다. 아이 엄마들은 아마 다음 대목에서 고개를 끄덕일 거다. 엄마가 힘들면 아이의 잔투정을 받아들이기가 힘들다. 내 몸 하나 가누기도 힘든데 전혀 흥정이 안 되는 아이들과 상대하려면 먹을 것도 잘 먹어야 하고, 언제라도 긍정적인 마음으로 대화할 수 있어야 한다. 피로하다거나 우울하다거나 혹은 배가 고프다거나 할 때는 그 흥정의 마지막에 큰소리를 치는 걸로 끝내는 경우가 종종 찾아온다.

그럴 때 다시 만난 게 요가였다. 신기하게도 요가를 하고 나면 몸속에 새로운 에너지가 도는 듯했다. 피로감은커녕 아침 사우나를 갔다 온 듯 몸이 가뿐했다. 물론 예쁜 뱃근육을 포기할 수 없어 필라테스는 계속했지만, 점점 요가를 하는 날이 늘어났다. 허리 통증으로 고생하던 남편도 나를 따라 몇 번 요가 클래스에 나오더니 그렇게 심하던 통증도 없어지고 일할 때 스트레스가 훨씬 적어졌다며 좋아했다.

동작 하나하나에 집중해야 하는 요가를 하다 보면 머리가 맑아지는 효과가 있다. 자신도 모르는 사이에 명상을 하는 것이다.

그렇게 요가가 우리 부부의 생활이 되어가던 어느 날, "이러다 요가 선생님 되는 거 아니야?"라고 농담을 했더니, 남편이 그거 참 좋은 생각이라며 농담이 아니라 진짜 해보라고 나를 부추겼다.

아이들 학교 가는 주중에 할 수 있는 요가 지도자 과정 프로그램을 찾아다닌 끝에 지금의 'HOMYOGA'를 만났다. 내가 취득한 지도자 과정은 빈야사 플로Vinyasa flow 다. 기존에 늘 하던 요가 스타일보다는 빠르고 에너지를 많이 요구하는 스타일이라 젊은 사람들이 좋아하는 요가 장르다. 아직도 나는 하타 스타일의 조금은 여유가 있는 요가를 좋아하지만, 빈야사의 매력에 점점 빠져들고 있다.

이것도 처음에는 쉽지 않았다. 하루에 네다섯 시간씩 되는 연습 시간과 엄청난 양의 요가 지식을 학습하느라 매일 다리를 질질 끌며 집으로 돌아왔다. 그래도 늘 여유로운 정신을 가진 요가 친구들과 서로 힘든 걸 나누면서 잘 버텨나갈 수 있었다. 덕분에 20~30대 싱가포르 요가 친구도 많이 생겼다.

참 신기한 것은 이제는 더 이상 못할 것처럼 다리가 후들후들하다가도 다시 연습 시간이 돌아오면 어디선가 새로운 에너지가 솟아나는 것이었다. 그다음 날도 그그다음 날도 포기하고 싶은 순간은 언제나 있었으나 그때마다 몸속에서 자연스럽게 나오는 에너지에 내 자신도 놀라곤 했다.

짧은 시간이었지만 많은 것을 배웠다. 요가 해부학, 요가 철학, 요가 정신, 요가 음식 그리고 많은 종류의 요가(하타, 유니버셜, 아쉬탕가, 인요가 등등)도 경험할 수 있었다. 특히 요가 해부학은 늘 흥미진진했다. 영어로 뼈나 근육, 장기 이름을 다 외워야 하는 건 쉽지 않았지만, 몸속을 들여다보며 그 역할들을 익혀나갈 때 나의 눈이 반짝였다(다음 생애엔 의사가 되리라 다짐해 보며^^).

그렇게 21일간을 보내고 어제 마지막 지도자 과정의 연습을 마쳤다. 늘 함께해 온 친구들과 헤어지려니 섭섭함도 있었고 앞으로 어떻게 나의 요가 여정을 펼쳐갈지 고민도 된다. 2주 후에는 다음 도전인 키즈 요가 지도자 자격증 과정이 시작된다. 언젠가 그리스 해변에서 무료로 아이들에게 요가를 가르치고 싶다는 나의 꿈을 현실에서 준비하는 중이다.

이런 작은 꿈들로 나의 미래가 다시 설레기 시작했다. 아이들의 웃음소리, 파도 소리, 바람소리를 상상만 해도 입꼬리가 쓰윽 올라간다.

요가의 초대

§

요가로 이른 아침 시간을 보내곤 한다.

요가원이 바로 집 앞 코 닿는 곳이라 아이들 학교 보내고 바로 수업에 참가할 수 있기도 하고, 몸이 늘어져 게을러지는 오후가 되기 전에 오전 시간을 분주히 보내려는 나의 의지이기도 하다. 아침형 인간인지라 뭐든 해야 할 일들을 아침에 분주히 해두면 오후 시간은 여유 있게 보낼 수 있으니까.

사람마다 좋아하는 운동은 각각 다르겠지만, 난 격렬하게 움직이는 운동보다는 정적인 요가가 좋다. 요가가 정적이라고 해서 운동이 안 될 거라고 생각하는 사람들이 있는데, 오히려 운동을 많이 한 사람들이 요가를 더 힘들어하는 경우도 있다. 요가 클래스에서 바늘 하나 들어갈 것 같지 않은 단단한 근육질 남성들이 귀엽게 끙끙거리며 땀을 뻘뻘 흘리는 걸 종종 본다. 보디빌더 선수들처럼 근육의 수축을 많이 이용하는 운동을 했던 사람들에게는 반대로 근육을 이완시켜주는 요가가 힘겹다.

세상 만물은 양쪽을 채워주는 밸런스가 중요하기에 근육 또한 수축을 해주었으면 이완도 해주어야 한다. 요가는 수축과 이완을 함께 해주는 운동이다.

동작을 완성해 가며 느끼는 성취감이 있고, 집중력이 필요하기에 명상의 효과도 있다. 그래서 운동을 하면서도 에너지를 빼앗기기보다는 에너지를 되레 얻어 가게 된다. 요가를 끝내고 나면 몸이 새털처럼 가볍고 긍정 에너지가 넘쳐나는 이유이다.

언제 어디서도 쉽게 할 수 있는 운동이라는 장점도 있다. 자고 일어난 침대에서, 혹은 티브이를 보며 소파에서, 때로는 사무실 책상 앞에서도 할 수 있다. 무엇보다 운동 스케줄을 잡아놓을 수 없는 여행지에서는 더더욱 편하게 할 수 있어 좋다. 마음만 있다면 말이다.

아침 일찍 일어나는 습관이 있는 나는 식구들과 여행을 갔을 때도 식구들이 깨기 전에 일어나 요가로 부지런히 몸을 움직여주곤 한다.

막 몸을 일으킨 찌뿌드드함 속에서 조금씩 깨어나 에너지가 차곡히 내 몸속으로 쌓여가는 기분을 즐기는 것이다. 새소리, 물소리, 여행 온 그곳의 공기, 바람까지 느껴진다면 그 즐거움이 배가된다.

남편 없이 아이들과 셋만 온 여행이라면 자고 있는 아이들만 남겨놓고 운동하러 나갈 수는 없는 일이니 호텔 방 테라스에서, 그것도 안 된다면 잠자고 있는 아이들 침대 옆 작은 공간에서 몸을 움직인다. 천사 같은 이들의 자는 모습을 가끔씩 쳐다볼 수 있는 건 보너스다. 아침을 이렇게 깨우고 나면 여행이 한결 활기차다.

여행을 가는 동안 비행기 안 좁은 이코노미 클래스에서도 요가를 하는데, 장시간의 비행이고 좌석이 깊은 안쪽이라 자주 일어설 수 없다면 목 돌리기에서부터 다리를 상체 쪽으로 끌어안거나 팔을 뒤로 접거나 하는, 주변 사람들에게 피해를 주지 않는 작은 동작으로 조금씩 움직여본다. 옆자리의 승객이 처음엔 놀라는 눈으로 나의 요가 하는 모습을 쳐다보다가 곧 부러운 마음이 들었는지 손을 뻗어 스트레칭을 시작해 서로 얼굴을 보며 웃었던 기억도 있다.

긴 줄을 서서 기다려야 하는 공항 화장실 앞에서도, 엘리베이터 앞에서도 작은 동작의 스트레칭을 하면서 긴장을 풀어주곤 한다. 그러면 남보다 앞서려는 마음, 빨리 하려는 마음에서 벗어나 조금 더 여유 있는 마음으로 자신의 순서를 차분히 기다릴 수 있게 된다.

하루 종일 운동을 할 시간도 없이 바빴다면 잠들기 전 스트레칭과 호흡으로 가벼운 요가를 해주기도 한다.

이렇듯 요가는 인생의 동반자가 되었다.

요가 선생님이 되고자 떨리는 마음으로 스튜디오를 찾았던 몇 해 전, 나의 요가 선생님은 내가 요가를 찾은 것이 아니라 요가가 나를 찾아 초대해 준 것이라 말했다. 맞다. 요가가 나를 발견해 준 건 내가 가진 인생의 몇 안 되는 행운 중에 하나라고 말해도 좋을 만큼 나의 인생은 요가를 전환점으로 참 많은 것이 달라졌다.

나, 나, 나, 늘 나만 생각하던 내가 조금씩 주변을 돌아보고 다른 사람들의 마음을 헤아리려 애쓰며, 내가 먹는 것, 내가 쓰는 것들이 어떤 영향을 주고받는지에 대해 생각하기 시작했다.

그 전의 무지하고 경솔했던 나를 돌아보게 되었고, 조금 더 쓸모 있고 더 남을 위한 삶을 살아가고 싶어졌다. 그리고 요가를 가르치는 일이 누군가를 도와줄 수 있는 일이라고 생각하니 수업 시간이 하나도 힘들지 않았고 매 순간이 소중했다.

내가 느낀 몸과 마음의 평화를 다른 이에게 돌려줄 수 있다는 것이 좋았다. 누군가에게 도움을 줄 수 있는 삶이라고 생각하니 괜히 뿌듯해져 아침에 일어나는 일이 즐거워졌고, 무언가를 자꾸만 좇아 허전함을 채우려던 마음에 평화가 찾아왔다. 그렇게 요가는 나를 찾아와 조금씩 나를 채우며 인생의 스승이 되었고, 지도자 과정을 마친 후였지만 요가에 대해 더 깊이 그리고 더 많은 것을 배우고 싶어졌다.

주변 분들은 가끔 나에게 배움을 반복하는 일에 지치지 않느냐고 묻곤 하신다.
그럴 때마다 나의 대답은 늘 똑같다.
"좋아서 하는 거예요."
정말 좋아서 하는 일이니 힘든 건 없다. 배우는 일은 언제나 시간 흐르는 걸 잊을 만큼 흥미롭고 재미있다. 어떨 땐 잠시 엄마, 아내의 시간에서 벗어나 나를 위한 온전한 시간을 가질 수 있는 기회가 되어서 좋기도 하다.

엄마와 아내를 잠시 놓아줬던 가족들에게도 보상이 없는 건 아니다. 사실 식구 중에 누구 하나가 요가 선생님이면 얻는 이득이 좀 있다. 요가를 좋아하는 남편은 어디를 가도 개인 레슨을 받을 수 있는 선생님이 옆에 있으니 얼마나 럭셔리 하냐며 농담을 하곤 한다. 자신의 몸을 이만큼 잘 아는 사람도 없을 테니 이보다 더 훌륭한 개인 지도는 없을 거라며.

이제 사춘기가 된 줄리도 조금 과식을 하거나 몸이 불었다고 느끼는 날이면 함께 요가를 하자고 조를 때가 있어 저녁 식사를 마친 후에 둘이 함께 짧은 요가를 하기도 한다.

이안이도 엄마가 수련을 할 때마다 옆에서 키즈 요가 수업에서 배운 동작을 함께 하는데, 어떤 날은 역할을 바꿔서 엄마는 학생, 이안이는 선생님이 되어 나의 요가 수련을 돕는다. 이안이는 이 요가 선생님 놀이가 참 재미있는지, 그때마다 눈을 반짝반짝거리며 무척 진지해진다.

여름휴가 때는 시어머니까지 함께 식구들 모두 모여 정원에 자리를 깔고 아름다운 노을을 바라보며 가족 요가를 즐긴다. 물론 엄중한 스튜디오에서처럼 능률적이지는 않지만 자연 속에서 내가 가장 사랑하는 사람들이 모여 웃으면서 행복한 시간을 보내면 능률적인 그 어떤 요가보다 더 많은 에너지를 얻는 듯하다.

키즈 요가 지도자 과정을 마친 후엔 그리스 작은 섬인 안티파로스에서 아이들에게 무료로 요가를 가르치고 싶다는 나의 작은 꿈도 이루어졌다. 아이들의 행복한 웃음소리, 그리스의 바람 소리를 들으며 줄리, 이안이와 친구들, 동네 아이들이 모두 동그랗게 모여 요가 동작을 배우고, 함께 손을 잡고 명상을 하며 깔깔거리던 아름다운 시간들. 강아지풀을 한 움큼 뜯어 와 명상을 하는 아이들의 얼굴을 간지럽히면 쿡쿡 참다가 자지러지게 웃던 그 해맑은 모습들은 나에게 잊을 수 없는 마음속 장면이 되었다.

요가에서는 내가 알고 있는 내 자신의 몸과 마음도 내가 아니라고 말한다. 진정한 나는 내 몸과는 다른 것이며 나를 떠나서 나의 몸과 마음을 바라볼 수 있는 것이어야 한다고. 그래서 명상을 할 때면 내 자신에게 떨어져 나를 바라보는 연습을 한다.

그렇게 나를 바라보면 내가 지금 느끼는 작은 감정들, 예를 들면 배가 고프다거나, 피곤하다거나, 오늘은 쉬고 싶다고 변명을 찾는 감정들이 귀여워지기도 한다. 왜 이런 감정들을 느끼는지 조금 더 객관적인 입장에서 나를 바라볼 수 있으니 감정을 컨트롤하기가 훨씬 수월해진다. 그래서 스트레스가 많은 현대인에게 감정 컨트롤에 도움이 되는 명상이 필요하다고 말하는 것이 아닐까.

요가의 어원은 union이다. 결합, 융합, 통합, 연결.

나를 세상과 연결시켜주는 일. 당신과 내가 연결되고 세상과 내가 하나가 되는 일.

요가가 나를 초대해 주었던 그날부터 나는 세상과 조금 더 긴밀하게 연결되었다. 앞으로의 삶이 어떻게 그려질지 미지수지만 어떤 삶이건 내 곁에 요가가 함께할 것이다. 나는 요가를 스승으로 모시는 요기yogi이니까.

너무 많은 직업

§

나는 여자이며 엄마, 딸, 동생, 아내, 친구, 아줌마, 옆집 사람이다.

사진작가이며 모델이고 스타일리스트, 메이크업 아티스트, 헤어 디자이너다.

라이프 플래너, 인테리어 디자이너, 플로리스트다.

정원사이자 청소부, 비서, 시녀, 공주, 마담이다.

아티스트이고 큐레이터다.

요리사, 운전기사, 게이머다.

스토리텔러이며 경청하는 사람이다.

여행자이고 현지인이다.

선생님이자 학생이며 요기, 명상인이자 훼방꾼이다.

병자이며 간호사이다.

사랑하는 사람이자 사랑받는 사람이다.

질투하는 사람이자 질투받는 사람이다.

누군가를 늘 기다리게 만드는 사람이자 늘 누군가를 기다리고 있는 사람이다.

끊임없이 무언가를 바라고 끊임없이 마음을 비우는 사람이다.

착해지기를 수도 없이 결심하는 나쁜 사람이며 나빠지기를 결심하는 너무 착한 사람이다.

어제 산 무언가를 후회하며 오늘 또 질러대는 소비인이다.

남과는 달라지고 싶으나 남의 눈치를 먼저 보는 쇼걸이다.

부자들의 과소비를 욕하며 그들의 삶을 부러워하는 도시인이다.

안정된 삶을 원하면서 드라마틱한 삶을 포기하지 못하는 모순자이다.

전원의 삶을 꿈꾸면서 도시의 삶을 버리지 못하는 현대인이다.

삶을 힘들어하는 방황인이고 삶을 지켜보려 하는 수호인이며, 삶을 즐기려 하는 파티인이다.

그리고 다시 여자이며 엄마, 딸, 동생, 아내, 친구, 아줌마, 옆집 사람이다.

Part 4

섬에 사는 줄리네

ﾟ

아날로그적인 삶으로 다가갈수록
잃어버렸던 감수성이 다시 다가오는 느낌이다.
조금은 번거롭고 불편할 거라 생각한 일들이 하나 둘씩
나에게 기쁨을 주기 시작한다.

시로스의 아침

§

여름마다 우리 가족은 안티파로스 섬에 머문다.

그 섬에서 한 시간 배를 타고 가는 거리에 시로스라는 또 다른 섬이 있다. 시부모님이 이삼일간 아이들을 봐줄 테니 보리스와 단둘이 이 아름다운 섬으로 여행을 다녀오라 권하셨다. 줄리가 태어난 이후로 둘만의 여행은 없었으니 10년 만이었다.

시로스에 도착해 배불리 저녁을 먹고 잠이 든 다음 날 보리스를 일찍 깨워 아침 산책을 가자고 했다.

시로스 섬 두 개의 언덕엔 교회가 하나씩 있는데 하나는 가톨릭, 하나는 그리스 정교다. 언덕이 높아 보통은 택시를 타고 올라가는데 운동 삼아 이 중 하나를 걸어 올라가보기로 했다. 가톨릭 교회보다는 조금 더 흥미로울 그리스 정교 교회 쪽을 정했다.

걸어 올라가는 일은 생각보다 어렵지 않았다. 길목마다 피어 있는 부겐비아에 꽃과 아름다운 건축물을 구경하느라 오히려 보리스를 깨워 이렇게 걸어오기 잘했다고 몇 번이나 생각했다.

시로스 섬은 이전 그리스가 번영기를 누릴 때 잘사는 수도 섬이었기에 건축물들이 다른 섬보다 화려하고, 거리의 바닥도 온통 대리석으로 덮여 있다. 보통 사람들이 그리스의 대표 섬으로 알고 있는 미코노스는 예전에 가장 메마르고 가난했던 어부들의 섬이었다. 시로스는 그와 반대로 전성기를 누렸으나 지금은 그리 알려지지 않은 섬 중의 하나이다.

아름다운 새소리 들으며 꽃구경을 하다 보니 벌써 교회가 보였다. 교회 문을 열고 들어가자 밖에서 다른 분들과 앉아 계시던 작은 남자분이 따라 들어오신다. 텅 빈 교회에 온, 예상하지 못한 이른 아침 손님이라 허겁지겁 대화를 끊고 들어와 교회를 지키신다. 촛불을 밝히고 교회 여기저기를 천천히 둘러보던 나를 한참 쳐다보시더니 조용히 다가와 어느 나라 사람이냐고 묻는다.

"한국 사람이에요. 싱가포르에 살고요. 안티파로스에는 여름마다 와요. 안티파로스에서 배 타고 왔어요" 하고 웃으며 답했다. 그러자

자기도 십몇 년 전 한국 부산, 인천에 있었다고, 싱가포르에도 있었다고 얘기를 꺼내신다. '그리스는 선박 쪽에서 일하는 사람이 많다더니 부산에서 일을 하셨나 보다' 하고 잠시 생각했는데, 왠지 사연이 긴 거 같다.

종이와 볼펜을 가져오시더니 자신의 한국 이름을 적어주신다. 지읒과 니은 사이에 점 두 개가 찍혀 있다. 아마도 ㅛ에서 ㅡ가 빠진 듯. "이름이 '죤'이에요?"라고 물었더니 읽어줘서 고맙다는 듯 굳어 있던 얼굴이 환해지신다. 첫 여자 친구가 한국인이었단다. 너무 예뻤다고. 그 옛날, 그리스인 남자 친구를 뒀던 아름다운 여자분이라니. "그럼 그리스로 데려오지 그랬어요?" 했더니, 환했던 얼굴이 단 일 초 만에 아쉬움 가득한 미소년의 얼굴로 바뀌어 있다. 주름 가득하지만 선하게 살아온 게 확연히 보이는 얼굴이다.

'아, 나는 왜 이런 농담을 해서 저리도 선한 분의 마음을 들었다 놓았을까.'

잠시 어색함이 돌아 무슨 말을 해야 하나 망설이고 있는데, 다행히도 때마침 교회 밖을 둘러보던 보리스가 안으로 들어왔다.

그분은 작은 플래시 하나를 집더니 어두운 교회를 비추며 우리 둘에게 따라오라 손짓하셨다. 그리스 정교도의 아이콘 하나하나를 설명하며 교회 안 그림들을 소개해 주셨는데, 아무래도 옛 여자 친구의 고향에서 온 손님이라 특별 대우를 해주시는 듯했다. 아니면 누구에게나 친절하신 분일 수도 있겠다.

교회를 나설 때도 끝까지 따라와서는 잘 가라며 손을 흔드셨다. 그렇게 분에 넘치는 친절을 받고 언덕을 내려오는데 마음이 따뜻해졌다.

삶이란 앞으로의 일을 한 발치도 알 수 없지만, 그때그때 만들어진 작고 따뜻한 기억들을 추억하며 힘을 얻고 혹은 아쉬워하며 살아가는 거구나. 우리는 모두 그렇게 살고 있는 거였다.

보리스와 둘이 시로스의 아름다운 카페에 앉아 지나가는 사람들을 바라보았다.

저기 저 사람들, 한 사람 한 사람 모두들 아름다운 추억을 간직하고 사는 사람들. 그 사랑이 이루어졌든 이루어지지 않았든 사랑했을 때의 뜨거운 마음은 모두 기억하고 있을 테니 아름답지 않은가.

저 시무룩해 보이는 할아버지는 어떤 사랑을 하셨을까. 저기 저 아이는 앞으로 어떤 추억을 얻게 될까.

그렇게 세상 모든 사람이 아름다웠다.

마리프랑스와 미셸

§

나에겐 아름다운 시부모님이 계시다. 마리프랑스와 미셸.

내가 가진 복이 있다면 그중 하나는 좋은 시부모님을 만난 것이라고 할 수 있다.

처음 우리가 만났을 때, 난 부모님을 잃은 직후였고, 시부모님은 사랑하는 큰아들을 잃은 지 얼마 되지 않아서였다. 그래서 시부모님은 떠나간 아들 대신 딸 하나를 얻었다고 생각하신다. 나 또한 이제 부를 수 없는 엄마 아빠를 "마몽" "파파"로 부를 수 있게 되어서 좋다.

처음 만나던 날, 프랑스인 남자 친구의 엄마를 어떻게 불러야 할지 몰라 그냥 "마몽"이라고 엄마를 부르듯 불렀는데, 시어머님은 그게 그렇게 좋으셨다고 늘 말씀하신다. 가끔 시어머니도 "딸" 하며 나를 부르신다. 그렇게 서로의 빈 공간을 메워주는 사이가 되었으니 보통의 흔한 시부모와 며느리의 관계보다는 훨씬 애정이 깊다.

시아버님은 나의 산책 동무이자 점심을 먹고 한두 시간씩 수다를 떠는 오랜 말벗이기도 하다. 늘 책을 읽고 글을 쓰며 산책을 즐기시는 분이다.

두 분 다 이야기하는 걸 무척 좋아하시는데 그 대화의 내용은 오늘 아침 정원에 핀 꽃부터 중국과 미국의 무역 전쟁 이야기까지 그 폭이 말할 수 없이 넓다. 그 대화가 무척 흥미로워 시간 가는 줄 모르고 두세 시간을 보낼 때도 있다.

우리는 일 년에 두 차례씩 만난다. 여름휴가를 한두 달 함께 보내고, 겨울 크리스마스 휴가에는 시부모님이 싱가포르에 오셔서 열흘 정도 시간을 함께 보내신다. 프랑스와 싱가포르의 먼 거리로 자주 얼굴을 보기 힘드니 이렇게 한 번 만날 때마다 긴 시간을 함께 보내기로 했다.

언제나 시부모님과 다시 만나게 되는 시간은 반갑고 행복하다. 다시 만났는데도 헤어질 때만큼이나 가슴이 뭉클해져 서로 끌어안고는 눈물을 흘린다. 하지만 아주 솔직히 말하자면 그렇게 서로가 좋고 행복한 시간은 사실 2주 정도다.

아무리 좋은 사람들이라도 함께 오래 지내게 되면 서로에게 불편함
이 쌓이는 법. 나에게는 딱 2주 정도가 약간의 불편함이 있어도 참
아낼 수 있는 최대치의 시간이다.

잘 맞지 않는 사람과는 사실 한 시간도 함께 있기 힘들다. 그나마 2주
동안의 시간이 너무 좋고 행복한 건 서로가 잘 맞기 때문이다. 그런데
그 시간이 2주 이상이 되면? 얼른 짐을 싸 들고 떨어져 있고 싶은 마
음이 든다. 그런데 우리는 두 달의 시간을 한집에서 함께 보낸다.

시부모님과 여름휴가를 함께 보내다가 보리스는 일 때문에 먼저 싱
가포르로 돌아가고, 나는 아이들과 남아서 시부모님과 시간을 더
보냈던 첫해의 일이다.

시부모님은 아이들과 혼자 남은 내가 너무 걱정이 되었는지 나의 나
이를 잊고 열일곱 살 철없는 소녀를 다루듯 하셨다. 그 애정이 넘쳐
"어디 가니", "뭐 먹니"에서부터 "이거 해줄까", "저거 해줄까"까지
끝도 없었다. 자유분방하게 자랐던 친정집에서는 경험해 보지 못했
던 일. 그해에 나는 그만 가출을 시도했다. 혼자만의 온전한 시간을
갖고 싶은 나의 열망이 폭발해 버린 것이다.

그 변변치 못했던 가출은 오후 두 시부터 오후 여덟 시까지 겨우 여섯 시간으로 끝났다. 길지 않은 시간이었지만 연락을 모두 끊고 어딜 가겠노라 말도 없이 작은 섬에서 사라졌으니 시부모님 걱정이 이만저만 말이 아니었다. 나 또한 친부모님께나 할 수 있는 철없는 짓을 시부모님께 저지르고 나니 죄송한 마음이 들었다. 반면 정말로 시부모님을 친부모처럼 생각하는 마음이 나에게 있다는 것을 알게 된 계기도 되었다.

그 가출 사건 이후로는 시부모님의 태도도 달라지셨고, 나 또한 알아서 적당하게 잠시 떨어져 있는 시간을 보낸다. 조금 더 이기적인 내가 지치고 힘들다고 생각되면 방문을 콕 닫고 들어가 잠시 글을 쓰거나 명상을 혹은 인터넷을 하며 혼자 시간을 보내고, 또 함께 있고 싶을 땐 나만의 동굴에서 나와 시부모님과 시간을 보낸다. 내가 문을 콕 닫고 들어가면 이젠 시부모님도 그러려니 하면서 별걱정을 하지 않으신다.

아무리 사랑하는 사이라도 24시간 서로 부둥켜안고 사랑할 수는 없다.
짧은 여행을 함께 왔다면 꽁꽁 붙어서 24시간을 다 보내도 좋겠지만, 두 달간을 함께 잘 보내려면 공동생활과 사생활을 잘 활용해야 한다. 함께 보내는 공동생활과 혼자만의 사생활 중 한 부분이 조금이라도 모자라거나 채워지지 않는 경우엔 문제가 되기 때문이다.

사실 프랑스 식구들과 함께 몇 달의 시간을 보내는 동안엔 언어에서 오는 피곤함도 크다.

사람의 언어라는 게 늘 먹던 음식과도 같아서 매일 한식을 먹던 사람이 서양식만 계속 먹으면 느끼한 맛을 지우고자 라면이라도 끓여 먹고 싶어 못 참겠는 것처럼, 영어와 불어만 듣고 있으면 대화의 집중력이 떨어지고 피곤함이 몰려오기도 한다. 그러니까 매운맛, 한국적인 맛 가득한 언어의 라면 같은 게 필요해진다.

한 달, 두 달 내내 영어와 불어만 듣고 있으면 슬슬 한국말에 목이 말라온다. 그럴 땐 다시 혼자만의 시간을 보내면서 한국 책을 읽거나 한글로 글을 쓰거나 인터넷을 보면서 시간을 보내다 보면 그 갈증이 해소되곤 한다. 이젠 이런 모든 것을 시부모님도 잘 아신다.

우리는 다른 프랑스 가족처럼 아침에 일어나 양쪽 뺨으로 서로의 뺨을 마주치는 프랑스식 비쥬비쥬 키스를 하고 저녁에 잠이 들기 전에도 똑같이 양쪽 뺨에 키스를 한다.

시어머님은 가끔씩 나의 두 뺨에 키스를 하며 강렬하게 끌어안기도 하시는데, "쥬뗌, 쥬뗌"이라고 하면서 숨도 못 쉴 만큼 안아주시곤 한다. 처음엔 당황하곤 했지만 지금은 나도 함께 "쥬뗌, 쥬뗌" 하며 씨름을 하듯 안아드린다.

서로의 피부를 잠시 맞닿으며 스킨십을 할 수 있는 이런 인사법이 난 꽤나 맘에 든다. 어려운 감정이 사그라들고 아주 잠깐이지만 사랑하는 마음을 표현할 수 있으니 더 가까이 다가가는 일이 쉽게 느껴진다.

떠나간 나의 부모님에게서 배웠듯 이 시간이 영원하지 않다는 것도 알기에 이렇게 기나긴 여름을 함께 보낼 수 있는 시간이 이제는 마냥 소중하기만 하다. 손주들과 함께할 때 너무나 행복하시다는 그분들의 시간과 조부모의 사랑을 가득 받는 줄리와 이안이의 한정된 시간을 최대한 보태고 싶다.

딸 같은 마음으로 이젠 그분들 얼굴에 키스를 하고 손을 잡고 걸어가는 일이 쉬워졌다. 그 손을 잡을 때마다, 비쥬비쥬를 할 때마다, 가슴으로 안아드릴 때마다 행복해하시는 그분들을 보면 나 또한 행복해진다.

안티파로스

§

줄리야, 안녕.

네 이름이 줄리가 될지 혹은 다른 이름이 될지는 모르겠다만, 난 이제 너를 이렇게 부르는 일에 익숙해지고 말았단다. 우린 네가 여자아이란 것을 알자마자 어떤 이름을 지어야 할지 고민에 빠졌어. 아빠가 줄리라는 이름을 처음 제시했을 때 난 그 이름이 조금은 촌스럽다고도 생각했지만, 곧 사랑스러운 이름이라는 걸 알았어. 아빠는 이 이름이 프랑스 이름도, 그리고 조금은 엉뚱한 한국 이름으로도 잘 맞아떨어질 거라 생각했대.

우연이지만 우리가 네 태명을 줄리라고 정한 두 달 후에 우린 너의 친할머니가 아빠가 여자로 태어나면 줄리라는 이름으로 부를 거라고 점찍어 놨었다는 사실을 알게 됐지. 그 후 난 너를 부를 때 서슴지 않고 이 이름으로 부르게 됐어.

우리는 내일 그리스를 떠나려고 해. 그러니 오늘이 이번 휴가의 마지막 밤이네. 이곳의 하루는 어느 다른 곳의 하루보다 짧단다. 왜냐하면 우린 이곳에서 명상에 잠기고 너를 상상하고 네가 즐길 하나하나를 꿈꾸곤 하니까. 아빠와 난 이곳 바다를 보며 네 이야기를 참 많이 했어. 너를 생각하며 둘이 함께 바다를 바라보고 은근한 미소를 짓곤 했지.

오늘 아침도 우린 이 작은 섬과 너에 대해 이야기했어.
이곳은 30년 전, 너의 할머니와 할아버지가 찾아냈지. 히피의 기질을 (지금은 그 기질이 어디로 갔는지 잘 모르겠지만), 그리고 자유로운 영혼을 가진 그들이 이 섬과 사랑에 빠진 건 너무나 당연한 일이었던 것 같아. 그때는 전기도 없고 차도 없는 아주 조용한 곳이었대. 오로지 당나귀와 작은 보트들에 의존해서 사는 작은 외딴 섬이었나 봐.

'안티파로스'.
이름도 참 신선하지?
파로스 섬 옆에 붙어 있는 작은 섬 이름이 안티파로스라니 '파로스를 싫어하는 혹은 그의 덩치를 질투하는 작은 섬이었나 보다'라고 생각했는데, 그리스의 안티는 '작은'이라는 뜻이래. 그러니까 이곳은 파로스 섬의 미니어처, 즉 '작은 파로스'인 거야.

아빠는 그 30년 전부터 지금까지 한 해도 빠짐없이 할머니 할아버지를 따라 이곳에 왔었고, 나는 이번이 횟수로 네 번째가 되는구나. 아빠에겐 이 섬이 샘물 같은 곳이었나 봐. 그 물이 너무나 맑고 달콤해서 허기질 때마다 다시 찾아올 수밖에 없는.

엄마?
물론 나도 이곳과 사랑에 빠졌지.
지금은 예전처럼 당나귀들을 흔히 볼 수 있는 것은 아니지만, 어디에서나 "이야수!"(안녕)라고 외치는 그리스 사람들의 순수한 미소를 만날 수 있고, 저녁마다 바다 색을 자신의 색으로 바꿔버리는 아름다운 노을이 있어. 그리고 실크를 두른 듯한 메디테라니안해의 감촉이 있거든. 아, 거리에 넘쳐나는 야생 꽃들도 잊어서는 안 되겠다.

3년 전 우린 이곳에 많은 허브를 심었어.
오늘 아침은 라벤더와 오레가노의 향이 얼마나 거세게 불어오던지. 이 허브밭 이곳저곳에서 맨발로 뛰어놀 너를 생각하며 나의 뇌가 정신없이 바쁜 아침이었어. 바람이 불 때마다 으스슥 으스슥 소리를 내는 올리브 나무들 때문에 문득 정신을 차리고 고양이 밥을 주러 갔지.

참, 요즘은 고양이들을 만질 수가 없단다. 임신 기간 동안은 고양이를 조심해야 한다는 의사의 말에 난 그들을 요리조리 피해 먹이를 줘야 해. 이 그리스의 야생 고양이들과 친구가 될 네가 또 나를 게으르게 만드는구나.

음, 오늘은 이렇게 게으르게 하루를 보낼까 봐.

내일 아침 급하게 짐을 꾸리며 떠나게 되더라도 오늘은 그냥 이렇게 흘려보내고 싶어.

아무것도 하지 않아도 되는 이 섬의 자유를 마음껏 누리고 갈 거야.

하루 종일 너를 상상할 거야.

언젠가 너도 엄마처럼 이곳에 서 있겠지.

누려 봐, 이 바람과 풍경과 허브의 감촉을.

그 안에서도 느껴지는 거지?

— 줄리가 내 품에서 태동을 하며 말을 걸어오던 밤 보내는 글

제주 예찬

§

나이가 들면 제주에 살았으면 좋겠다.

바다에서 너무 가깝지도 멀지도 않은 곳에, 바닷바람 없이 풀꽃과 텃밭 채소들 잘 자라고, 언제라도 바다가 그리울 때는 후딱 다녀올 수 있는 그런 어느 곳.

천장 높은 작은 창고 하나 개조해서 벽난로 하나 만들어놓아 눈, 비 오면 따뜻한 집 안에서 나무 타는 냄새 맡아가며 글이라도 조금 쓸 수 있는 곳이었으면 더없이 좋겠다.

집 앞 작은 텃밭에서 채소들을 키우고, 그 채소를 따다 조물조물 무쳐 만든 소박한 점심 식사에 누군가를 초대할 수 있는 곳.

그곳에 나를 볼 때마다 꼬리를 흔들어줄 누렁이 한 녀석과 읽어도 읽어도 끝이 나지 않을 것 같은 좋아하는 책들이 가득 담긴 커다란 책장을 들여놓고 싶다.

그렇게 일상을 보내다 문득 사람이, 도시가 그리울 때면 가까운 시내로 장을 보러 가고, 카페에 앉아 행인 구경하며 도시를 느낄 수도 있는.

난 제주가 좋다.

제주 바다와 오름이 좋다.

바람 부는 갈대숲들과 초록 풀들의 작은 오름, 숨 쉬는 것만으로도 행복한 비자림 그리고 동백꽃, 유채꽃들.

작은 골목과 지붕 낮은 집들은 1970~80년대의 노스탤지어를 자아내고, 구석구석 숨겨진 아기자기한 카페들과 맛집들도 빼놓을 수는 없겠다.

남들은 제주에 가면 해산물을 먹지만 난 제주에서 아이처럼 떡볶이나 우동을 먹으러 나간다. '뭐 제주까지 와서 그 떡볶이일까?'라고 생각하겠지만 이런 간단한 분식들도 제주 바다를 풍경 삼아 먹는 건 그 맛이 다르니까. 빨간 떡볶이와 파란 바다 그리고 노르스름한 튀김까지. 버라이어티한 색감만으로도 배가 부를 지경이다.

제주에 가면 반가운 사람도 참 많다.

싱가포르에 오기 전 서울에서 함께 지내던 사람들이 제주로 많이 옮겨 갔다. 패션 쪽에서 일하던 사람들이 트렌드세터답게 제주 붐이 일어날 즈음 먼저 떠나 자리를 잡았다. 그 덕에 제주에 가면 외롭지 않다. 줄리, 이안이를 데리고 가도 여기저기 인사하고 방문할 이모랑 삼촌이 많아 좋고.

두런두런 모여서 함께 낚시도 가고, 저녁에 빙 둘러 앉아 음식을 나누고, 흥이 돋으면 기타를 치고 노래를 부르면서 늦은 밤을 보내다 따뜻함을 가득 채운 채 숙소로 들어오곤 한다. 줄리, 이안이도 한국말로 함께 노래하며 담소를 나누는 게 마음이 드는지 어른들만 있는 곳에서도 잘 어울려준다.

예전에 모델 일을 할 때에는 춘삼월만 되면 제주를 내 집 드나들 듯 다녔었다. 봄이 오기 전 잡지에 내보내야 할 패션 화보를 촬영하기 위해 봄이 일찍 오는 제주로 가는 일이 빈번했기 때문이다. 그때의 나는 제주를 참 싫어했던 것 같다. 얇은 홑겹옷을 입고 바람 부는 오름에 서 있거나, 바닷가를 맨발로 걷거나, 혹은 바다에 들어가기까지. 거기다 춘삼월 제주 바닷바람은 얄밉도록 차고 날카로웠다. 나에게 제주의 기억은 그저 덜덜 떨던 일밖에 없다.

그렇게 춥고 바람 불고 휑하게만 느껴졌던 제주가 달라 보인 건 여러 해가 흐른 뒤 아이들과 함께 방문했을 때다. 늦은 가을이라 예전처럼 날씨는 차고 매서웠지만 작은 꼬마 두 녀석을 품에 안고 비자림도 다녀오고 오름도 올라가면서 제주의 아름다움이 서서히 눈에 들어오기 시작했다.

"아, 예뻐."

나도 모르게 혼잣말을 중얼거리다가 "저것 좀 봐. 와, 와아아!"를 외치기 시작했다.

그리고 방문하는 곳마다 때를 못 맞춰 바지에 오줌을 싸던 세 살 이안이에게 눈을 맞추며 말했다.

"엄마, 제주가 진짜 좋아."

반짝이는 내 눈을 읽었는지 오줌싸개 이안이도 축축한 제 바지를 만지작거리며 말했다.

"응. 제주 좋아."

제주는 그렇게 내 마음에 들어왔다. 진정한 제주를 그렇게 만나기 시작했다. 그리고 나의 제주앓이는 시작되었다.

해외살이가 적적하고 힘들 때면 제주의 숲을 걷는 상상을 했다.

떡볶이가 먹고 싶을 때도 제주가 생각났다.

노후의 정착지는 남편을 따라 유럽 어느 곳이 되겠지만 난 늘 이렇게 제주 어느 곳에 마음의 집을 짓고 산다. 그런 마음을 달래주려 남편은 나에게 한 해에 한 번씩은 꼭 제주에 다녀오라 한다.

싱가포르에서 방문하는 제주는 여정도 길고 비용도 만만치 않아 선뜻 나서기가 쉽지는 않다. 그래도 마음의 고향을 찾아 매해 제주 여행을 계획한다.

"그 돈이면 동남아를 가겠어"라고 누군가 말할 때면 난 이렇게 대답한다.

"나 동남아에서 왔어."

제주는 나에게 너무나 이국적인 그리운 고향이다.

끊은 것도 참 많지

§

담배

대학에 입학하자마자 담배를 피우기 시작했다.

재수 생활을 마치고 대학에만 들어가면 뭐든 해낼 것 같던 시간, 그리고 뭐든 허락될 것 같던 시간이었다. 담배를 피우면 제법 멋있을 것 같다는 친구의 말에 호기심이 발동했고, 잡지 속 모델들이 쿨하게 담배를 피우는 모습은 나의 애연 생활을 부채질했다. 담배를 피우면 저 모델들처럼 나 또한 멋있어질 거라 생각하며.

게다가 내가 다니는 미술 대학의 분위기는 왠지 예술가의 자유분방한 모습을 보여줘야만 할 것 같아 담배는 필수적인 조건이었다. 얼마나 멋진가. 자신의 그림을 펼쳐놓은 후 담배를 입에 물고 감상하는 작가의 모습이.

그렇게 장난 삼아 겉멋 삼아 친구들과 술자리에서 한두 개비 피우던 담배는 어느새 외로울 때 곁에 있어주는 가장 절실한 벗이 되었다. 하루에 두 갑을 피웠던 거 같다. 그 새빨간 말보로를. 식전, 식후, 화장실에서. 자기 전, 자고 일어나, 작업 전, 작업 후 그리고 작업 중간에. 없으면 허전해서 미쳐버릴 것 같은 나의 벗. 잠이 오지 않는 밤엔 맥주 한 캔을 꺼내 들고 안주 삼아 피웠고, 집 청소를 마치고서도 깨끗해진 집을 바라보며 노동의 대가로 담배를 물었다.

파리와 런던, 밀라노에서 모델 일을 하던 20대 초에는 젊은 여자가 유럽 길바닥에서 누구의 눈치도 보지 않고 담배를 피울 수 있는 자유가 좋아 길을 걸을 때마다 담배를 물었다.

그렇게 담배에 찌들어 살던 내가 담배를 끊어보기로 했다. 이유는 간단했다. 10년도 넘게 가장 친하게 지내던 친구가 갑자기 싫어진 거다. 그 좋던 친구의 냄새가 역겨움으로 바뀌었다. 친구를 만나기 위해 늘 밖으로 나가던 일이 귀찮아졌고, 내 머리카락과 옷자락에서 그 역겨운 냄새가 묻어나는 것이 싫었다. 친구와 만나고 난 후에 오는 피곤함도 지긋지긋했고, 그렇게 피곤해하면서도 그 친구를 보지 못하면 안달복달하는 내 자신도 싫었다. 헤어지면 내 삶의 질이 어마어마하게 회복될 듯한데, 모든 걸 옛날로 돌이키고 싶은데, 옆에서 자꾸만 다시 오라 손짓하는 친구를 두고 혼자 두 발로 우뚝 서는 일이 자꾸만 할 수 없는 일로만 느껴졌다.

패치의 도움을 받아보기로 했다. 몸속의 니코틴을 흡수시키며 담배 중독성을 서서히 완화해 주는 니코틴 패치는 담배를 물고 싶지 않을 정도로 도움이 되긴 했지만 니코틴 과다 증상으로 밤마다 악몽을 꾸게 만들었다. 떨어지고 부서지고 잃어버리고. 한동안 나의 꿈속은 잠드는 시간이 무서울 정도로 불안과 초조, 두려움으로 가득했다. 그래도 니코틴 패치를 붙이는 일을 멈추지는 않았다. 패치를 멈추면 다시 담배가 금방 물고 싶어져 이제껏 노력해 온 일들이 모두 헛수고가 될 것만 같았기 때문이다. 아주 조금씩 조금씩 꾸준히 패치 붙이는 시간을 줄여갔다.

그때 한창 나와 연애를 하던 보리스는 내가 담배를 끊는 일을 가장 격려해 주고 칭찬해 준 사람이었다. 태어나서 한 번도 담배를 피워 보지 않았다는 그에게는 여자 친구가 늘 옆에서 담배를 피우는 것이 말은 하지 않아도 꽤 불만이었을 것이다. 패치도 챙겨 주고 입이 심심해 무언가 먹고 싶을 땐 과일도 챙겨 주며 도움을 주고 싶어 했다. 그렇게 옆에서 날 도와주던 보리스가 내게 각오를 더 단단히 하게끔 만들어주고 싶었는지 이런 선포를 했다.

"만약에 네가 담배를 다시 하나라도 피우면 난 너랑 헤어질 거야."

담배를 끊길 진심으로 바라는 눈으로 나를 바라보는 그의 눈을 똑바로 바라보며 말했다.

"담배를 못 끊으면 헤어진다고? 그렇게 쉽게 헤어짐을 얘기한다면 내가 지금 담배를 피울게. 그냥 바로 헤어져."

그날 보리스의 얼굴이 굳어진 채로 어찌할 바를 몰라 하던 순간은 두고두고 생각해도 웃음이 난다.

담배를 끊고 나니 삶이 축복이었다. 비싼 돈을 주고 담배를 살 필요도 없고, 몸에서는 향긋한 비누 냄새가 났으며, 밥 먹고 굳이 담배 피울 곳을 찾아 이리저리 기웃거리지 않아도 되니 세상 편했다. 아니! 이런 세상이 존재하다니.

담배를 끊은 지 15년이 지난 지금은 길거리를 지나가다가도 담배 냄새가 싫어 누군가 근처에서 담배를 피우고 있으면 그 길을 피해 돌아가기도 한다. 이제 와 생각해 보면 난 정말 많은 사람에게 폐를 끼쳤구나 하는 반성의 마음도 든다.

담배를 끊는 일은 지구를 살리는 일이기도 하다.

여름마다 아이들과 집 근처 해변을 청소하곤 하는데 종이컵이나 플라스틱 컵, 빨대류도 많이 나오지만 그것보다도 더 많은 건 피우고 버린 담배꽁초다. 피우는 사람들은 무심코 모래사장에 담배를 비벼 꺼버리지만 사실 이 꽁초들은 모래에 파묻혀서 집어 내기가 더 힘들어진다. 해변에서 아이들과 한두 시간만 담배꽁초를 주워도 커다란 가방이 한가득 차고 넘친다.

모래를 뒤집어 가며 담배꽁초를 찾아 줍고 돌아온 날에는 어린 줄리, 이안이의 손에서 재떨이 냄새가 난다. 장갑을 끼워줘도 불편한지 자꾸 벗어버리고, 갖고 있는 집게도 잘 사용하지 않는 아이들이라 유독 냄새가 더 심하다. 작은 손을 씻겨주고 씻겨줘도 냄새가 배어 잘 떨어지질 않는다.

엄마로서 미안한 마음 가득하지만 아이들은 무언가 좋은 일을 한다는 생각에 신이 나서 엄마한테 자랑을 한다.

"엄마, 오늘 담배꽁초 많이 주웠어. 이것 봐, 손에서 냄새 많이 나지?"

이 순진한 아이들이 묻는다.

"엄마도 담배 피웠어?"

궁금함이 가득한 표정으로 날 응시하면 거짓말 따위는 할 수 없다.

"응, 엄만 담배 많이 피웠어. 근데 몸에 너무 안 좋아서 끊었는데, 끊는 게 엄청 힘들었어. 그러니까 담배는 처음부터 시작을 안 하는 게 좋아. 엄만 호기심으로 시작했는데, 그렇게 시작하면 끊고 싶어도 끊지를 못해서 아주 힘들어…….”

길고 긴 엄마의 설명에도 무언가 신기한 것을 발견한 듯이 또렷또렷한 눈망울은 흐려지지 않는다.

돌아가신 아빠도 나에게 그런 말을 한 적이 있다.

“아빠가 보니까 너 담배 피우는 거 같던데, 장난 삼아 한두 개 피우는 건 괜찮지만, 나중에 못 끊을 정도로 피우면 아주 힘들어져.”

물론 그때 나는 아빠의 말을 따르지 않았고, 당연히 아빠가 예언한 것처럼 힘든 금단의 시기를 보냈다.

아빠는 나에게 그렇게 충고를 했지만 본인은 생의 마지막 날까지 담배를 끊지 못했다. 심근 경색으로 떠난 아빠는 마지막 날까지 술, 담배, 고기와 하루도 떨어지지 않았다.

아, 아까 말했던 걸 살짝 정정해야겠다.

내가 담배를 끊은 건 사실 그냥 간단한 이유는 아니었다.

엄마 아빠를 잃은 그 해였다. 쉽게 떠나간 그들처럼 나는 그렇게 쉽게 지지는 않을 거라 마음먹었다. 인생의 가치관도 변했다. 결혼 같은 거, 그리고 아이들을 낳는 건 내 인생에 결코 없을 일이라고 말하던 나였는데, 떠나는 사람들을 두고 홀로 서려니 외로웠다. 이렇게 힘든 내 옆에서 누군가 토닥여주지 않더라도 함께 있어주기만 해도 좋을 듯했다.

결혼이 하고 싶어졌다.

많은 사람이 떠나갔으니 새로운 탄생도 보고 싶었다. 저녁에 집에 들어가면 북적북적 사람들이 나를 반겨주는 삶을 살고 싶어졌다. 아이를 갖고 그 아이를 지켜주고 싶었다. 엄마 아빠가 내게서 일찍 떠나간 것처럼 그렇게 아이 곁을 쉽게 떠나지 않고 건강하게 오래 남아서 아이 옆을 지켜주겠다고 마음먹었다.

건강하게 살고 싶었다. 짧고 굵은 예술가의 멋진 삶보다 평범하지만 외롭지 않고 사랑이 넘치는 가정을 가진 주부로 살아보기로 했다.

그 첫 번째 나의 도전이 금연이었다.

술

실연의 아픔을 술로 달래던 때도 있었다.

그가 보고 싶지만 그를 잊기 위해, 그가 아닌 다른 사람을 만나 밤새 코가 비뚤어지도록 술을 마시는 일, 그렇게 술에 취해 비틀거리며 집으로 돌아가던 많은 밤들. 한낮의 햇살에 눈이 부셔 잠에서 깨면 숙취로 벌컥벌컥 물을 마시고, 다시 누군가에게 전화를 걸어 약속을 하고 또 술을 마시러 나가는 나날이 이어졌다.

매일매일 소주 두 병에서 세 병. 그렇게 술을 마시다 보니 어느 날부터 술이 달았다. 달짝지근한 술이 입술에 닿고 "크으~" 하며 소리를 내는 일. 그땐 그게 그렇게 낭만적이었다.

사랑으로 방황을 하던 그때는 매일매일 그 말도 안 되는 낭만 속에서 하루하루를 보냈다. 그리고 누군가 나에게 "술이 세다"라는 말을 하면 은근 기분이 좋아졌다.

나에게 술은 습관이었다.

외로운 날, 혹은 무언가 내 삶에 부족하다는 느낌이 드는 날엔 더욱 술에 의존했고, 우울한 날은 맥주 한 캔 따서 창밖을 바라보며 고독을 씹는 걸로 마무리지었다. 혹은 와인 한 잔 마시며 분위기 있는 음악을 틀어놓고 무한정 센티해지는 것도 마냥 좋았다. 사실 와인은 잔도 예쁘니까.

예전 모델 일을 하던 시절엔 다이어트도 참 많이 했지만, 술도 많이 마셨다. 그러고는 "매일 다이어트를 하는데 왜 살이 안 빠질까?"라 면서 억울해했다. 술을 마시면 살이 찔 수밖에 없다는 걸 알면서도 음식은 조절하고 술은 조절하지 않았다. 특히 맥주는 더더욱 다이 어트의 적이라는데 하루 종일 굶고 맥주로 마무리 지었던 날들이 며 칠이던가.

담배를 끊은 후 나의 두 번째 도전은 금주였다.

조금씩 줄여나가던 술을 확실하게 끊게 된 가장 커다란 계기는 임 신이었다. 임신 그 이전에 먹던 주량은 이미 예전보다 많이 줄여 어 쩌다 고작 맥주 한두 잔을 마시는 게 다였지만 임신을 하고 나선 더 많이 줄여야 했다.

여름 나라인 싱가포르에서의 임신이다 보니 맥주 생각이 절절한 순 간이 많았다. 아이를 낳고는 원없이 맥주를 벌컥벌컥 들이켤 수 있 으리라 기대했지만 나의 생각은 오산. 다시 수유의 시간이 기다리 고 있었다. 수유하는 엄마가 술을 마시면 아이도 취한다고 하기에 8 개월 수유 기간 동안은 그토록 먹고 싶던 맥주 한 잔을 꾹꾹 다 참 아냈다.

드디어 임신과 수유 기간이 모두 끝나고 이제 세상 행복하게 맥주

와 와인을 마실 수 있겠구나 했는데, 한동안 술을 안 마셔서 주량이 약해진 건지, 아니면 나이가 들어 체력이 약해진 건지 조금만 술을 마셔도 머리가 아파 왔다.

술을 마신 다음 날이 더 문제였다.

아직 어린아이 둘을 돌보아야 하는데 몸이 아파 아이에게 짜증을 내고 있었다. 그건 남편 보리스도 마찬가지였다. 함께 술을 마시니 그다음 날은 애들을 돌보아야 할 두 사람 모두 침대에 누워 끙끙 앓고만 있는 것이다.

이때 보리스가 먼저 제안을 해 왔다. 아이들이 클 때까지 웬만하면 술을 마시지 말자고. 그렇게 시작한 우리의 술 줄이기는 사실상 금주나 다름없었다. 술을 마셔야 하는 저녁 약속을 없앴고, 자연스럽게 아이들과 함께하는 저녁 시간이 늘었으며, 온 가족이 함께 모여 건강한 음식을 먹게 되었고, 규칙적인 생활로 운동을 할 수 있는 시간이 더 늘었다. 삶의 사이클이 달라진 것이다.

지금은 가끔 좋은 자리에서 술을 마셔보려고 해도 예전처럼 술맛이 달고 적당히 기분 좋아지는 게 아니라 그저 쓰기만 하고, 마시면 머리만 아파 오는 터라 마음처럼 술을 삼키지 못한다. 차라리 이렇게 술과 멀어진 게 다행이다 싶기도 하고…….

육류

채식 생활을 한 지는 이제 2년 정도 되었다.

그전에도 한동안 채식을 했지만 식구들의 반대와 나의 약한 의지력으로 인해 그만두었다가 당시의 가벼웠던 몸 상태가 그리워 다시 채식을 시작하게 되었다. 지금은 식구들도 예전과는 다른 나의 채식에 대한 강한 의지력에 반대하지는 않는다. 되레 조금씩 나와 함께 채식을 하려고 노력하는 편이다.

요리를 즐겨 하다 보면 건강에 대한 생각을 하지 않을 수 없다. 집밥의 이득은 내가 먹는 음식에 무엇이 들어 있는지 정확히 알 수 있고, 그 내용물을 건강하게 채워 넣을 수 있는 것이라 생각한다. 그리고 그런 건강한 입맛에 길들여지면 정말이지 집밥을 멈출 수가 없다.

영양학에 대한 책을 많이 읽다 보니 점점 채식에 관심이 가기 시작했다. 결국 나에게 가장 건강한 음식은 채식임을 알게 되었고, 요가를 하면서 생긴 부상으로 건강에 대한 생각을 조금 더 진지하게 하면서 채식은 더욱 절실한 것이 되었다.

내가 하는 채식은 육류와 생선, 우유, 달걀을 모두 먹지 않는 완전 채식이다. 사실 이런 완전 채식은 보통 동물을 사랑해서 시작하곤 하는데, 나의 시작은 동물을 사랑하는 것보다 순전히 나의 건강을 위함이었다. 그리고 그렇게 시작한 채식이 동물들을 위해서, 지구의 환경을 위해서도 좋은 것이라니 멈출 이유가 없어졌다.

사람들은 채식을 하면 도대체 뭘 먹고 사느냐고 자주 묻는다. 근데 생각보다 먹을 게 많다. 심지어 과식도 자주 한다. 채식을 하면 살이 빠지는지 묻기도 한다. 내 경우에는 먹는 양을 조절하지 않고 마음 껏 먹는 채식을 하기 때문에 과일과 통곡물을 많이 먹으면 빠지고 견과류나 말린 과일, 밀가루류를 많이 먹으면 살이 붙는다.

그래도 먹는 양에 비해서는 살이 찌지 않는다고 말해야 할 것 같다. 아무래도 채식을 하면 음식을 가볍게 먹어 소화가 빨리 되므로 하루 종일 무언가를 집어 먹게 되는데, 하루 종일 배고프지 않게 먹어도 정말이지 먹는 것만큼 살이 찌지는 않는다. 물론 흰 빵이나 설탕이 많이 들어간 음식을 많이 먹으면 찌겠지만, 통곡물과 채소, 과일 위주로 먹는다면 살에 대한 걱정은 접어두어도 좋다.

채식이 생각보다 쉬웠던 건 워낙 좋아하는 음식들이 채식 위주였기 때문이다. 난 고기는 포기할 수 있어도 밥과 국수, 파스타 같은 탄수화물은 포기하지 못하는 탄수화물 러버다. 정말이지 밥이 너무너무 좋다. 그래서 친한 친구들은 함께 식당에 가면 알아서 나를 위해 공깃밥 하나를 추가로 시켜준다. 고깃집에 가도 밥 한 공기만 있으면 쌈에 싸든, 반찬이랑 먹든 알아서 잘 먹는다.

채식을 해서 몸이 많이 좋아졌느냐고 물어보는 사람들이 종종 있다. 사실 나도 처음에는 몸이 좋아진 건지 잘 몰랐다. 부상당했던 곳은 예전보다 아프지는 않지만 그게 꼭 채식 때문이라고 말할 수는 없을 것 같았는데, 이렇게 2년이라는 시간이 흐르고 생각해 보니 그 기간 동안 아팠던 기억이 많이 떠오르지 않는다.

일 년에 두세 번씩은 침대에서 나오지 못할 정도로 끙끙 앓았는데 요즘은 감기 기운이 잠시 머물다가 떠나준다. 또 귀가 자주 아파서 시끄러운 곳에 가면 소리 진동이 크게 느껴져 스트레스를 받곤 했는데 이것도 전보다는 훨씬 적다. 운동할 때 자주 아팠던 무릎도 많이 좋아졌다. 그토록 힘들었던 생리통의 고통도 사라졌다. 가장 두드러진 건 피부 트러블이 예전보다 확연히 적다는 것이다.

이렇게 적다 보니 내 몸은 채식 전의 몸보다 많이 좋아진 듯하다. 그 래서 요즘은 채식에 대한 공부도 더 많이 하고 조금 더 엄격한 채식을 하려고 노력한다.

예전에는 식구들이 먹는 고기 요리를 하면서 고기 맛을 보기도 하고, 버터나 해산물도 조금은 먹었지만 이젠 그마저도 조금 더 자제하려고 한다. 사실 굳이 자제하지 않아도 점점 그런 것들이 입에 맞질 않는다. 맛있는 고기 냄새나 향긋한 버터 냄새를 맡으면 예전의 습관들이 올라와 먹고 싶다는 생각이 드는데, 그렇게 먹고 싶은 기분이 들 때는 주저하지 않고 조금 입에 넣는다. 억지로 피하려고 하면서 스트레스를 받고 싶지 않아서이다.

하지만 입에 넣는 순간 예전에 알던 것과는 다른 맛에 삼킬 수가 없어 다시 뱉어내는 일이 반복되곤 한다. 이제 이 맛 좋은 냄새들이 더 이상 예전과 같은 맛으로 나에게 기쁨을 주지 않을 것이라는 걸 알기에 냄새만으로 만족하고 만다. 입맛을 잃고 싶진 않기 때문에 자제하는 것이다.

사람의 몸은 자신의 머리를 따르기 마련이다. 가지고 있는 생각은 어떻게든 몸을 조금씩 지배한다. 육식을 억지로 자제하려고 했던 것이 아니라, 내가 그동안 배운 지식들이 육식의 맛을 예전처럼 느낄 수 없도록 만든 것이다.

채식을 시작한 초보자에게는 채식에 대한 글과 영상을 많이 보는 것이 도움이 많이 된다. 책을 몇 권 추천한다면 가장 먼저 콜린 캠벨의 〈무엇을 먹을 것인가〉를 꼽고 싶다. 영어를 읽을 수 있다면 한국 발간 책보다 조금 더 자세히 나와 있는 〈China Study〉를 읽어도 좋을 것이다. 존 맥두걸의 책들도 읽을 만하다. 헬렌 니어링의 〈소박한 밥상〉도 내가 좋아하는 책이다.

한국에서는 김한민 저자의 〈아무튼 비건〉, 배우 문숙이 쓴 〈문숙의 자연 치유〉 같은 책이 있다. 황성수 박사의 유튜브 채널을 듣는 것도 많은 채식 관련 지식을 쌓을 수 있고, 넷플릭스에 있는 〈Game Changer〉, 〈What The Health〉, 〈Cow Spiracy〉 같은 다큐멘터리들도, 한국의 〈목숨 걸고 편식하다〉도 흥미롭다.

채식을 하는 사람들의 이야기는 사실 우리가 찾아보려고 하면 이곳저곳에서 자주 만날 수 있다.

채식에 대한 책들과 다큐멘터리를 보고 갑자기 육식을 그만두려 하는 분들을 주변에서 종종 보는데 지나치게 스트레스를 받아가며 육식을 끊으려고 하면 되레 역효과가 나기 쉽다. 채식에 대한 공부를 계속하면서 내 마음과 몸이 움직이는 대로 서서히 나를 맡기면 된다. 육류 요리를 매일 먹었더라도 일주일에 두세 번, 한 번으로 조금씩 그 횟수를 줄여나가고, 그렇게 스트레스 없이 서서히 발전해 나가는 게 채식으로 향하는 가장 이상적인 길이다.

나도 늘 채식만을 고집하지는 않는다.

집에서는 고기나 우유를 먹지 않지만 남들과 함께 있을 때는 융통성 있게 생활하려고 한다. 내가 먹는 음식이 아니라고 해서 다른 사람들과 함께 나눌 수 있는 즐거움마저 빼앗기는 재미없는 사람이 되고 싶지는 않다. 친구들이 떠 주는 아이스크림을 맛보기도 하고, 고기 먹는 친구들 옆에서는 먹기 바쁜 그들을 위해 고기를 구워 주기도 한다.

육식을 하는 사람들을 비방하지 않는다.

내 주위의 많은 친구가 육식을 하고 있으니 난 그들과 함께 생활하는 지혜를 갖고 싶다. 고기를 먹고 있는데 그 앞에서 동물 보호니 환경 문제, 건강에 대한 얘기를 하면 반감만 더 살 뿐이다. 채식에 관한 책을 선물한다든지, 집에 초대해 채식 음식을 차려 준다든지 하며 조금 더 자연스럽고 쉬운 방식으로 다가가야 서로에게 상처가 없다.

줄리와 이안이에게도 채식 위주의 식단을 권하고는 있지만 지나치게 강요하지는 않는다.

대신 채식이 건강에 어떤 영향을 미치는지 알려주고 아이들 앞에서 채식 위주의 음식을 먹는 모습을 자주 보여주려 한다. 어릴 적 음식 습관이 평생을 좌우하는 중요한 일이기에 조금은 걱정이 되기도 하지만, 아직은 또래의 친구들과 같은 것을 나누고 함께 어울리며 얻을 수 있는 것이 더 많은 나이라 생각한다. 먼 훗날 채식인이 많아져서 아이들에게 채식 위주의 음식을 함께 먹도록 하면 좋겠다는 상상을 해본다.

그래도 요즘은 엄마의 작은 노력으로 고기만 먹던 줄리와 이안이가 서서히 변해 가고 있다.

"채식을 하는 이유는 뭐지?" 하고 물으면

"첫째, 채식은 동물을 죽이거나 괴롭히지 않는다.

둘째, 채식은 건강에 좋다.

셋째, 채식은 환경을 보호하고 지구를 살릴 수 있다.

넷째, 채식은 전 세계 굶주리는 아이들에게도 음식을 먹을 수 있는 기회를 늘릴 수 있다"라고 똑똑하게 대답한다. 그리고 그런 것들을 생각하면서 조금씩 자신을 바꾸려 하는 노력도 보인다.

자동차, 선박, 비행기, 이 모든 교통수단에서 나오는 탄소 배출량보다 육류 산업으로 나오는 탄소 배출량이 더 많다고 한다. 세계 농작물의 83퍼센트의 작물을 육류 산업으로 사용하고 있으며, 햄버거 하나를 만들려면 2,400리터의 물이 필요하다. 수영장 하나를 채울 만한 물이다. 세계 25퍼센트의 강이 말라가고 있는 이유다.

아마존이 불타고 있는 이유도 육류 산업을 위해 필요한 콩 작물을 재배하려는 농지를 만들기 위해서이다. 몇 사람의 채식인보다 대다수의 사람이 조금씩 육류 섭취를 줄이는 게 효과는 훨씬 크다. 대다수의 사람들이 일주일에 한 번 정도는 고기를 먹지 않는 날로 정하고 실천해 나간다면 환경에 많은 도움이 될 것이라 믿는다. 물론 본인의 건강을 위해서도 좋을 것이고.

사람들은 채식을 하는 나를 걱정하기도 한다. 영양 부족으로 문제가 있을지도 모르니 병원에 가서 영양 검사를 자주 받으라는 말을 수도 없이 들어왔다. 남들과 다른 길을 가기 때문에 채식을 하는 사람들은 비방을 많이 받는다. 어떨 땐 사이비 종교 집단 취급을 받기도 한다. 물론 프랑스 어느 채식주의자들이 정육점에 들어가 이것저것 부수는 행동에는 나도 동조할 수 없다. 어느 부류에서든 극단적인 사람들은 있기 마련인 듯하다.

채식과 육식은 하나의 선택권이다. 자연스럽게 서로를 배려하면서 함께 어울리는 사회가 되었으면 하는 바람이다. 자연스러움이 어우러지려면 사회적인 도움도 필요하다. 포르투갈에서는 음식점 메뉴에 꼭 채식 요리를 하나 갖추는 것을 법으로 규정한다. 음식점뿐만 아니라 학교 급식, 대학, 병원, 심지어는 감옥에서도 채식인을 위한 채식 요리가 있다고 한다.

이런 분위기는 유럽 국가들 사이에서 점점 퍼져 나가고 있다. 이렇게 자연스럽게 채식을 장려하는 분위기가 된다면 채식인이 아닌 일반인에게도 건강한 채식을 할 수 있는 기회가 더 생길 것이다. 물론 환경 문제를 해결하는 데도 큰 도움이 될 것이다.

다른 취향의 사람들이 서로의 선택을 존중해 주며 자연스럽게 함께 식사를 할 수 있는 곳이 많이 생겼으면 한다. 우리나라에서도 조금씩 이런 음식점들이 생겨나고 있어 채식주의자의 한 사람으로서 기쁜 일이 아닐 수 없다.

커피

나는 심한 카페 라테 중독자였다.

아침에 일어나면 향긋한 커피에 거품 많은 우유를 잔뜩 부어 빈속을 채웠다. 운동 전후로 칼슘과 단백질을 보충한다며 라테를 마시고, 졸음이 몰려오는 오후 한나절에도, 그리고 조금 배가 고파지는 늦은 오후에도, 심지어는 라지 사이즈 카페 라테 두 개로 점심을 때우기도 했다. 밥 먹는 기쁨보다 커피를 마시는 기쁨이 더 컸던 때였다.

우리는 커피가 심장에 좋고 두뇌에 좋다고 알고 있다. 심장에 도움이 될 수 있는 커피의 양을 채우려면 하루에도 서너 잔이 넘게 마셔야 한다고 한다. 하지만 그렇게 많은 양의 커피를 마시면 커피 속의 카페인이 칼슘 섭취를 방해해 심장과 두뇌 발달 이전에 골다공증을 일으킬지도 모른다. 특히 40대 여성부터 많이 일어나는 골다공증은 칼슘이 몸에서 빠져나가는 현상이기 때문에 칼슘 섭취에 좀 더 많은 관심을 기울여야 한다.

우유를 섞은 카페 라테는 칼슘 섭취에 더 악영향을 준다. 우유는 칼슘이 많아서 먹으라고 권장하는 것인데 왜? 우유 속에는 칼슘이 많이 들어 있지만, 약알칼리의 몸을 산성으로 만든다. 우리 몸은 늘 약간의 알칼리 상태를 유지하고 싶어 하기 때문에 몸이 조금만 산성화가 되어도 알칼리로 되돌려 놓으려고 한다. 이때 알칼리화를 만들기 위해 사용하는 것이 뼈에 저장하고 있는 칼슘이다. 우유가 가지고 있는 칼슘보다 몸의 산성화로 더 많은 칼슘을 빼내는 것이다. 결국 우유를 많이 마시면 칼슘 부족으로 골다공증 같은 뼈의 문제들이 더 많이 발생하게 된다. 낙농업이 발달하고 우유 섭취량이 많은 나라에서 골다공증의 발병률이 높은 이유이기도 하다.

이렇게 뼈의 건강에 좋지 않은 우유와 커피의 카페인이 합쳐진 것이 카페 라테다. 그리고 난 그런 카페 라테를 달고 살았던 것이다. 늘 커피 없이는 일이 안 된다며, 정신이 맑아지지 않는다며 한 손에 커피를 들고 살아왔다.

물론 카페인은 잠을 깨우는 데 도움이 된다. 그렇지만 카페인 중독은 얘기가 좀 달라질 수 있다.

우리의 몸은 카페인이 필요 이상으로 들어온다는 걸 이미 알고 있기 때문에 노곤하고 찌뿌둥한 상태에서 머무른 채 카페인을 기다린다. 똑똑한 몸이 예비를 하는 것이다. 그리고 기다리던 카페인이 들어오면 그제서야 또렷한 정상의 상태로 몸을 깨운다. 커피 중독 증상의 사람들이 아침에 일어나 커피 없이는 활력을 채울 수 없는 가장 큰 이유이다.

커피를 끊으면 우선 아침이 맑아진다. 정신이 또렷해지고 상쾌하다. 하지만 처음 일주일은 그와는 반대로 하루 종일 졸음이 쏟아진다. 일종의 금단 현상인데 조금 졸리고 힘든 일주일의 시기만 잘 보내면 다시 활력이 가득 찬 상태가 돌아온다.

커피를 끊은 후에도 사실 유혹은 많다. 고소한 커피 향은 커피를 끊은 지금도 사랑스럽다. 그리고 아름다운 카페들은 왜 이리도 많은 걸까. 커피를 마실 일은 또 왜 이렇게 많이 생기는 걸까.

자, 커피를 대신할 허브차를 소개할 시간이다.

아침을 커피 대신 허브차로 시작하는 것도 나쁘지 않다. 커피 향 못지않게 향기로운 민트차가 있고, 마음을 진정시켜줄 캐머마일차도 있다. 레몬진저 같은 생강차 종류도 있고, 계피차와 레몬글라스차도 있다. 특히나 민트는 입안을 상큼하게 만들어 식후 차로도 손색이 없다.

솔직히 고백하자면 나에겐 커피를 끊는 일이 술, 담배, 육류를 끊은 것보다 더 힘든 일이었다.

끊고 다시 마시기를 늘 반복해 오곤 하는데, 특히나 호주나 프랑스 같은 커피가 맛있는 나라에 가면 더더욱 커피를 포기하지 못했다.

그래서 예전처럼 카페 라테가 너무 마시고 싶은 날은 디카페인 커피에 아몬드 우유나 캐슈너트 우유, 혹은 쌀우유 같은 대체 우유들과 함께 커피를 마신다.

아직은 우리나라에서 대중화하진 않았지만, 호주같이 커피 문화가 발달된 곳은 어느 커피숍에서라도 플랜트 베이스plant based 우유를 즐길 수 있다.

디카페인 커피가 보통 커피보다 첨가물이 더 많다고 반대하는 분들도 있지만, 나에겐 어쩌다 한 번씩 마시는 것이고 커피를 끊기 위한 과정이니 도움이 된다면 받아들이기로 했다.

요즘은 커피 생각이 거의 나지 않는다. 그렇게 끊고 마시기를 오랜 시간 하다 보니 조금씩 종착지를 찾아가는 기분이다. 커피를 끊고 나니 커피숍에서 돈을 쓰는 일이 없어졌다. 여행지에서는 아침마다 커피를 찾아 이곳저곳 헤매는 일도 하지 않는다. 그 시간에 음악을 듣거나 스트레칭을 한 번 더 하는 여유도 생겼다.

오랜 습관에서 벗어나 무엇인가로부터 자유로워지는 기쁨은 이런
것들이다. 그전에는 없으면 못 살겠다고 느껴지는 것들에서 훌훌 벗
고 나아가는 일의 아름다움을 나는 마흔이 넘어서 하나씩 깨우치는
중이다.

플라스틱 줄이기

§

어젯밤 꿈은 제대로 악몽이었다.

여느 때처럼 해변에 앉아 누군가와 이야기를 나누고 있었는데, 발을 담그고 있던 물이 갑자기 차갑게 느껴졌다. 발 옆으로 무언가 둥둥 떠 있어 도대체 저건 뭐지 하며 몸을 기울여 들여다보니 벌거벗은 오리 시체들이다. 오리의 항문 쪽으로 다른 오리의 머리가 들어가 하나의 띠처럼 서로 연결이 되어 있었는데, 잔잔한 파도에 그 오리 떼가 이리저리 흔들리는 모습은 차마 눈뜨고 보기 힘들었다.

어미 오리 옆으로 연결 지어진 아기 오리 시체들이 내 발에 치여 얼른 발을 빼려는데 발밑이 온통 쓰레기였다. 주위를 다시 돌아보니 하늘도 모래사장도 바닷물도 모두 회색이었다.

잠이 깬 아침에도 꿈은 선명하게 남아 있었다.

한참 동안 꿈을 꾸지 않았는데 이리도 선명한 꿈이 마음속에 길게 남는 게 신기할 정도였다. 요즘 병들어가는 지구 환경에 대한 글을 너무 많이 읽어서일까. 이 꿈이 혹시 일종의 계시인가.

오전엔 치과 정기 검진이 있었다. 가깝지는 않지만 그리 먼 거리도 아니라 운동 삼아 병원까지 걸어갔다. 땀을 뻘뻘 흘리며 도착해 목이 말라 정수기의 물을 마시려고 플라스틱 컵 하나를 드는데 갑자기 어젯밤 꿈의 한 장면이 눈앞에 떠오른다.

'아, 플라스틱은 쓰면 안 되는데……'라고 생각이 들면서도 당장 목이 너무 마르니 우선 물을 마시기로 한다. 한 번 쓰고 버려지는 플라스틱에 죄책감을 덜어보려 연달아 물을 세 컵이나 마셨다.

치과 검진을 마치고 오다가 슈퍼마켓에 들러 장을 보려는데, 늘 들고 다니던 시장바구니를 오늘 안 들고 온 게 마음에 걸렸다. 그래도 다시 집에 들어갔다 나오는 건 너무 귀찮으니 그냥 오늘은 이렇게 장을 보기로 한다. 비닐봉지 여러 개를 찰랑거리며 들고 오는데 다시 어젯밤 꿈이 눈앞에 펼쳐진다.

그 더러운 물속에서 둥둥 떠다니던 오리들…….

도대체 내가 오늘 하루 버리는 이 플라스틱의 양은 얼마만큼인 건

가. 주위를 돌아보니 온통 플라스틱투성이다.

나 하나만이 아니다. 걸어 다니는 사람들은 테이크아웃용 플라스틱 커피를 들고 있고, 자주 가는 빵집의 먹음직스러운 빵들도 하나하나 비닐봉지에 담겨 진열되어 있다.

여기도 저기도 온통 플라스틱 천지다. 저 많은 양의 플라스틱이 썩으려면 500년도 더 걸린다고 하니 내 밑으로 적게는 15세대쯤 지나야, 그러니까 줄리의 증증증증손녀가 살아가는 시간에 내가 오늘 이 버린 쓰레기가 썩는 거구나.

아이들에게 미안하고 동물들에게 미안하고, 무언가 당장 하지 않으면 안 될 것 같아 집에 도착하자마자 컴퓨터를 열고 플라스틱을 줄일 수 있는 방법들을 찾아봤다.

1. 플라스틱 빨대를 사용하지 않는다. 음식점에서도 마찬가지. 반복 사용 가능한 스테인리스, 대나무, 유리 빨대를 사용하자.

2. 반복 사용할 수 있는 각자의 가방을 들고 다니며 비닐봉지를 사용하지 않는다.

3. 껌을 씹지 않는다. 껌은 플라스틱의 한 종류, 즉 합성 고무이다.

4. 플라스틱에 담겨 있는 물건보다 종이 상자에 담긴 물건을 사는 게 더 낫다. 예를 들면 세제 같은 것.

5. 패키지가 되어 있지 않은 쌀이나 시리얼, 파스타 같은 것들을 파는 가게에서 물건을 사는 게 좋다. 우리나라로 치면 재래시장 같은 곳. 이때 본인이 직접 패키지나 다시 사용할 수 있는 가방을 들고 가면 좋다.

6. 한 번 사용했던 용기들, 잼이나 소스 같은 것을 담는 유리 용기들은 다시 사용하도록 하자.

7. 본인의 머그컵을 항상 들고 다니며 커피숍이나 사무실에서 활용하면 좋다.

8. 레스토랑에서 먹고 남긴 음식을 가져갈 때는 본인이 다시 사용할 수 있는 용기를 직접 들고 가도록 하자(음식을 남길 듯한 레스토랑에 갈 때 꼭 생각해 보고 하나 들고 가자).

9. 플라스틱 라이터를 사용하기보다 성냥을 사용하자.

10. 냉동식품을 되도록 사지 말자. 냉동식품은 보통 플라스틱 용기를 사용하며 종이를 사용한 경우에도 종이 안쪽에 플라스틱이 코팅되어 있는 경우가 대부분이다.

11. 일회용 기저귀는 일 년에 344억 톤의 쓰레기를 남긴다. 천 기저귀를 사용하는 것이 아기의 건강에도 좋다고 하니 노력하도록 하자.

12. 주스를 사 먹지 않고 집에서 만들어 먹으면 더 건강한 주스를 마실 수 있고 플라스틱 용기 사용도 줄일 수 있다.

13. 일회용 면도기 사용을 줄이자.

14. 플라스틱 칫솔을 사용하지 않는다. 나무로 만든 칫솔을 사용하자.

15. 일회용 생리대나 템폰 사용을 줄이자. 생리컵과 재사용 가능한 천 생리대를 사용하자.

16. 일회용 포크나 수저를 사용하지 않는다.

17. 음식에 랩을 사용하지 않는다.

플라스틱 사용을 줄이는 방법을 쭉 적어본 후 지켜나갈 수 있는 부분들에 밑줄도 그었다. 조금 어렵다고 생각되는 부분들도 있지만 하루아침에 이 모든 습관을 바꾸려면 힘이 들 테니 잘할 수 있는 것부터 실천하고 나머지는 서서히 노력해 보기로 했다.

가장 먼저 해야 할 일은 들고 다니는 가방을 조금 큰 사이즈로 바꾸고 언제든 이용할 수 있는 텀블러 하나와 작게 접히는 비상용 천 봉투를 넣는 일이었다.

칫솔을 나무 칫솔로 바꾸고 일회용 생리대 사용을 줄이기 위해 생리컵으로 대체했다. 사용법이 두려워 미루던 생리컵을 사용하기 시작하면서는 한 달에 한 번 오는 생리일에도 운동과 수영을 편하게 할 수 있게 되었다. 지난여름에는 생리 기간인 일주일 동안 제주에서 아이들과 서핑을 했을 정도로 편안하다.

음식용 랩을 요즘 친환경으로 사용하는 허니랩beeswax wrap으로 바꾸고, 남편이 싸 가는 샌드위치를 담는 봉투도 접착 가능한 벨크로가 달려 있는 천 봉투로 바꿔 주었다. 친환경 마트에서 스테인리스 빨대와 대나무 빨대도 여러 개 구매했다.

이런 작은 일들이 요즘 나의 삶을 바꾸기 시작한다. 아날로그적인 삶으로 다가갈수록 잃어버렸던 감수성이 다시 다가오는 느낌이다. 작은 물건 하나에 감사하고 감동하고, 직접 해 먹고 썼고 다시 사용하며 물건에 대한 정감이 쌓이기도 한다. 조금은 번거롭고 불편할 거라 생각한 일들이 하나 둘씩 나에게 기쁨을 주기 시작한다.

아직도 내가 바꾸어야 할 습관이 많이 남았지만 이것을 바꾸는 일이 예전처럼 두렵지는 않다. 조금씩 바뀌나가며 하나하나 기쁜 마음을 온전히 누려야겠다.

Part 5

나에게 찬란함이란

˅

너희들의 인생이 빛나지 않아도 괜찮으니
염려하지 말라고 말해 줄 것이다.

다음 생

§

10년을 넘게 함께 살면서 한 번도 물어본 적 없는 걸 물어보기로
했다.

"다시 태어난다면 또 나랑 결혼할 거야?"

조금 뻘쭘해서 부연 설명도 곁들였다.

"한국 사람들은 환생을 믿으니까 이런 질문을 서로에게 많이 하는
데 난 한 번도 물어본 적이 없어서……."

누워 있던 보리스가 천장을 바라보며 생각하더니 대답한다.

"그럴 확률이 높을 것 같아. 근데 찾기가 너무 어려워."

"뭘 찾는 게 어려워?"

"난 저기 프랑스 서쪽 끝에서 살았고, 넌 동쪽 끝 한국에서 살았잖
아. 대륙과 대륙의 끝에서 산 사람 둘이 이렇게 만나는 게 신기하지
않아? 난 한 번도 저 동쪽 끝에 내 소울 메이트가 있을 거라고 상상

해 본 적이 없거든.”

그렇게 생각해 보니 우리 만남은 기적 같은 것이었다. 그 커다란 대륙을 가로질러 너와 내가 만날 수 있는 건 확률적으로 너무나 낮으니까. 그 낮은 확률이 어떻게 이루어진 걸까 생각해 보며 나도 보리스가 바라보던 천장을 함께 본다.

보리스는 아무 말 없이 손을 뻗어 내 손을 꼭 잡기만 한 채 아무것도 묻지 않는다. “너는?”이라고 물을 법도 한데 그냥 내 손만 쓰다듬고 있다.

그가 묻지도 않았는데 “다음에 태어나도 너랑 결혼하고 싶어”라고 마음속으로 몇 번이나 곱씹어본다. 이 좋은 침묵을 깨뜨리기 싫어 곱씹던 말은 하지 않기로 했다.

사랑에 부딪히자, 우리

§

줄리야, 오늘은 사랑에 대해 이야기하고 싶어졌어.

난 너와 사랑을 얘기할 수 있는 엄마이기를 소망해.

글쎄, 그때의 네가 세대 차이를 느끼며 "흥, 구식이야" 할지는 모르

겠다만 난 그동안 내가 배운 사랑을 너에게 알려주고 싶어.

줄리야

사랑을 할 땐 부딪히렴.

부딪히고 깨져야 배우게 되는 것이 사랑이야.

여러 번 사랑 실패를 경험하고, 마침내 제 짝을 찾아 결혼에 골인한

한 친구가 나에게 말하더라. 헤어짐은 좋은 거라고, 헤어진 후에 여

자는 더 좋은 사람을 만나게 되는 거 같다고. 엄만 그 얘기를 몇 번

이나 생각해 보았어. 그때의 나는 힘든 사랑에 지쳐 있어서 그 친구의 말이 맞기를 얼마나 기대했는지 몰라.

친구의 말은 한 육십퍼센트쯤 맞는 거 같아. 실패한 사랑에 여자는 미래에 올 사랑을 생각하고 설계하게 되거든. 헤어진 후에 좋은 사람을 만나게 되는 운명적 결론이 아니라, 눈이 좀 더 까다롭게 변해가는 거지. 온전히 사랑할 수 있는 상대를 고를 수 있는 눈이 조금씩 생겨나는 거야. 그리고 이전의 사랑에서 배운 사랑을 새로운 사랑에게 적용해 나가는 거야. 사실은 더 좋은 상대를 만나는 것이 아니라, 바로 그 여자가 더 좋은 상대가 되어버린 거거든.

그렇게 그 친구는 사랑을 많이 배우고 좋은 사랑 상대가 되었단다. 그리고 온전한 사랑을 줄 좋은 사람도 만났어.

그래서 사랑에도 연습이 필요하다는 유행가 가사는 그냥 흘려보낼 말이 아닌 거 같아.

부러지고 깨지고 쓰러지고 아파하고, 그렇게 우린 사랑을 배워야 해. 사랑할 때, 진정으로 마음을 다해 사랑하고 나면 헤어질 때도 그 사람을 조금 더 쉽게 보낼 수 있어. 더 사랑할 수 있었을 텐데, 더 잘해 줄 수 있었을 텐데라는 후회는 온전히 사랑하지 않았기 때문이라는 걸 엄마는 배웠어.

떠나는 그보다 내가 더 마음이 아픈 것은 내가 마음껏 사랑하지 못했기 때문에 오는 후회와 미안함이란 것을. 그리고 그를 떠나보낼 수 있는 용기가 생기는 것은 내가 줄 수 있는 사랑이 여기까지이기 때문이라는 것도.

그러니 우리 온전히 사랑하는 걸 배우자.
그래서 떠나야 할 그날, 후회와 미안함에 떠나지 못하는 사람이 되지는 말자.
진정으로 마음을 다해 사랑하는 일이 어렵기 때문에 그래서 모든 헤어짐이 그리도 어렵다는 것을 잊지 말아야 해.

여기, 엄마가 방황하던 시절에 적었던 일기를 너에게 보여줄게.
사랑에 방황하는 엄마를 상상하며 실컷 웃어도 좋아.

　　사랑을 할 때 난 항상 의문을 가져왔다.
　　그의 마음이 나를 향해 있는지….
　　'그가 나를 사랑해… 아니야… 사랑하지 않을 수도 있어…'
　　를 수도 없이 반복하며 내 마음을 혼자서 들었다 놓았다 하는 것이다.

결국 '그는 나를 사랑하지 않을 수도 있어'라는 있지도 않은
결론을 내리며 상처받을까 두려워 내가 먼저 상처를 주기도
했다.

나의 흔들림을 보여주면 그가 날 더 사랑하리라 생각하기도
했다.

그리곤 멀어지는 그를 가해자라 소리쳤다.

어떻게 나에게 이럴 수 있는지. 우리의 믿음은 어디로 갔는지….

또, 나의 절친한 프랑스 친구는 말한다.

한국인들의 사랑 방식은 서로에게 상처입히기라고.

온전히 사랑하면 재미없어한다고.

수도 없이 서로에게 상처를 주어가면서 상대방의 사랑을 확
인하는 것.

그것이 한국인의 사랑 방식인 듯 보인다고….

그렇게 서로를 상처입히고 상처받은 후에 믿음이 더 깊어지
는 것일까?

아니면 상처를 견디고 만나는 우리가 진정한 사랑이라는 생
각을 하는 걸까?

글쎄⋯

지금의 난 마음으로 사랑을 하고 싶다.

내 마음이 진정으로 말하는 것만을 말할 때가 된 것이다.

진심으로 나를 사랑해 주는 그에게 믿음을 주는 사랑을 해봐

야겠다.

이제는 상처받는 일에 대한 두려움 따윈 잊어줘야겠다.

진심으로 나를 사랑해 주는 사람을 찾아 온전히 사랑하는 일,

오랜 시간 상처받고 마음 아파하며 기다려야 한다 해도 한번

해볼 만한 짓일 것 같다.

그렇게 사랑에 대한 방황을 하고 이런 글을 써놓은 지 얼마 되지 않

아 아빠를 만났어.

그리고 내 자신에게 약속한 것처럼 온 마음을 다 주고 상처를 받으

리라 결심했지.

하지만 상처받을 일은 없었어. 상대방도 온 마음을 다 나에게 주었

기 때문이야.

내가 진심을 다해도 그것이 상대방에 닿지 않는다면 그건 나의 상대

가 아닌 거야. 나의 진심을 감사하는 마음으로 받아들이는 사람이
나의 상대인 거지.

맞아. 사랑은 쉽지 않아.

진심을 다한 내 마음이 상대에 닿지 않으면 온 세상이 무너질 듯 고
통이 따르기도 해.

그래도 그 진심을 주는 일을 포기해서는 안 돼. 진심을 보여주지 않
으면 나의 진심을 감사함으로 받아들일 수 있는 사람인지 확인할
길이 없잖아. 깨지고 부서져도 사랑에 부딪혀야 하는 이유는 그래야
우리가 진정한 사랑을 만날 수 있기 때문이야.

사랑은 어렵지만, 그래서 더 아름다운 건가 봐.

대화

§

"난 미래가 두려워. 나이를 먹는 것도 두려워."

"…."

"내가 할 수 있는 일은 모델 일뿐이잖아. 나이가 들면 뭘 해 먹고 살지?"

"너의 두려움이 너에게 다른 일을 찾도록 도와줄 거야."

"아무것도 못 하는 내가 돈은 어떻게 벌어?"

"그렇다고 네가 거리의 부랑자가 되지는 않아. 너의 의지로 일어설 거야. 걱정하지 마."

"난 부모도 없는 고아야. 곤란한 일이 생기면 정말 난처해져. 다른 사람보다 더 힘들고 외로울 거야."

"네 앞에 서 있는 게 누구야?"

"…."

"너의 남자 친구."

지나간 일기를 뒤적이다, 이 글을 찾았다. 결혼 전 보리스와 나의 대화를 간략하게 적었던 글이다.

어두운 미래만이 보이던 그때. 외로웠던 그때. 나의 모든 걱정과 외로움을 달래주던 사람. 버팀목이 되어준 사람.

내가 그를 사랑할 수밖에 없는 이유.

그의 옆에서 또 다른 버팀목이 되어주고 싶은 이유.

빵 터져보자

§

처음 만날 때부터 그랬다.

'저 남자는 뭐 저렇게 별거 아닌 걸로 빵 터질까.'

그가 빵 터질 때마다 의연하게 쳐다만 보던 나도 결국엔 서서히 함께 웃게 되었고, 즐거웠고, 행복해졌고, 그렇게 그의 옆에 머물게 되었다.

빵 터져보시길. 혹시 옆에 누군가 머물게 될지도.

사라진 글

§

일요일 아침인 데 새벽 다섯 시에 눈이 뜨였다. 조금 더 자려고 눈을 붙여도 어젯밤 쓰다가 졸음이 몰려와 그만뒀던 글이 자꾸만 떠올라 다시 잠을 들지 못했다.

'애들 자고 있는 새벽 시간에 글이 더 잘 써지곤 하니까 그냥 일어나서 글이나 쓸까……'

그럴 때가 있다. 이야기가 술술 나와 신이 나서 신 받은 듯 글을 써내려가게 되는.

그게 바로 어젯밤이었다. 열차가 횡단하듯 거침없이 4시간 동안 써내려갔다. 이렇게 한자리에서 길게 글을 쓰는 일은 이례적이었고, 이런 속도감도 없었다. 혼을 뺏긴 듯 글을 쓰다 마무리만 남겨놓은 채 꾸벅꾸벅 졸음이 왔다. 쓰던 글을 멈추고 침대로 가려 하는데 보리스가 거실에서 물을 마시고 있었다.

"나 너무 졸려서 자러 가."

그렇게 서너 시간을 잤을까. 어제 못 한 마무리가 자꾸 생각나 다시 컴퓨터 앞에 앉았다.

그런데…… 써 놓은 글이 없다.

검색 창에 어제 썼던 주제나 단어들을 모조리 써보아도 찾을 수가 없다. 심장 박동 소리가 점점 커지며 화가 머리끝까지 올라온다.

'난 어젯밤에 꿈을 꾼 걸까. 분명 글을 썼는데.'

한 시간을 컴퓨터를 뒤지다 치밀어 온 화를 견디지 못해 수건 하나를 말아 입에 넣고 소리를 질러댔다.

"으악! 아아아앙~"

식구들 모두 자고 있으니 분풀이를 할 수 있는 건 이 방법밖에.

한두 시간이 지나서야 보리스가 잠에서 깼다. 드디어 진실을 밝혀낼 수 있으리라는 마음으로 다짜고짜 물었다.

"혹시 어제 컴퓨터 건드렸어?"

돌아오는 절망적인 대답.

"응, 인터넷이 잘 안 되길래 껐다 켰어."

'아…… 껐다…… 켰구나……. 그 새벽에 거실에서 물 마시다가 컴퓨

터를 하러 왔구나.'

'왜? 왜? 왜?'

이 남자.

사랑했던 모든 기억은 없고 컴퓨터를 껐다 컨 몰상식한 사람 하나가 내 앞에 서 있다.

짜증이 난 나에게 이 남자는 왜 글을 쓰고 저장 버튼 한 번 누르지 않았는지를 묻는다. 그 역시 짜증 난 말투다.

그러게, 왜 난 늘 해오던 저장을 어제 하루 하지 않았고, 왜 늘 잘 자던 너는 그 시간에 일어나서 인터넷을 했으며, 왜 늘 잘되던 컴퓨터는 어젯밤 인터넷이 안 된 거고, 왜 난 어제 그 폭풍 같은 글들을 썼을까.

가끔 삶 속에서 이렇듯 말도 안 되는 일들이 일어나 화를 부른다.

그리고 나이가 들어도 남들이 말하는 'anger management', 즉 분노 조절은 쉬운 일이 아니다.

그래서 한 가지 생각한 건 그 상황을 피해 보기.

상황을 피해 밖으로 나가면 도움이 되긴 한다. 그냥 난 왜 이 상황을 만들었으며, 내가 왜 여기서 이러고 있는지 알 수 없는, 그래서 아무 이유 없이 내 자신이 싫어 눈물이 날 때. 이럴 때 남자가 나타나 넌 왜 그런 별거 아닌 이유로 우느냐는 둥, 내가 뭘 잘못했느냐는 둥 하는 소리를 하면 큰일난다. 그러면 여자는 내가 왜 이런 남자를 만 난 건지에 대한 회의로 더더욱 눈물을 멈출 수 없다. 그럴 땐 그냥 아무 말도 하지 않고 기다리는 게 남자가 해줄 수 있는 최고의 선택 이다.

결혼 생활 10년째. 보리스도 이제 그 정도는 알고 있다.
그냥 잠시 놓아줘야 하는 거. 내가 돌아가기 전에 아이들이 깨면 혼 자서 아침 식사 담당이 될 거라는 것, 둘 다 잘못한 건 없지만 그냥 잠시 떨어져 있어야 한다는 것.

서로에게 상처가 되는 말도 하지 않았고, 언성을 높이지도 않았으 며, 그저 지금 닥친 상황이 마음에 들지 않기 때문이라는 걸 둘 다 잘 알고 있으니 조금만 상대를 기다려주면 된다.

잠시 집 앞을 한 바퀴 돌기로 했다. 당장은 화가 나고 이 상황을 만 든 내가 싫어 눈물도 날 거 같지만 뭐 이런 거보다 더 엄청난 일들도 인생에서 겪었는데, 이 정도로 이렇게 슬퍼할 일인가 위로하며.

무작정 걷는다. 걷다 보니 집 근처 빵집이다. 아, 갓 구운 크루아상 냄새. 나도 모르게 빵집으로 들어가 주문을 했다.

"여기 크루아상 3개, 뺑오쇼콜라 3개 주세요."

빵집에 앉아 먹을까 하다 아이들 생각에 포장을 해 들고 나왔다. 빵 봉지 속에서 살살 풍겨오는 크루아상 냄새에 배가 고파져 걸음이 빨라졌다.

이렇게 오늘의 분노는 사그라들었다. 그깟 크루아상으로.

문을 열고 들어가니 아이들은 아직 자고 보리스는 아침 커피를 준비하고 있었다. 빵 봉지를 뜯고 크루아상 하나를 물었다. 고소하다. 그가 따라 건네는 커피와 크루아상 냄새가 섞여 행복함이 스물스물 올라온다. 졸린 눈을 비비고 일어난 이안이가 식탁에 앉아 뺑오쇼콜라 하나를 집어 든다.

어제 썼던 글 따위 다시 쓰면 되지 뭐.

오래 대화할 수 있는 사람

§

줄리야,

엄만 아직까지 아빠를 만난 일을 한 번도 후회한 적이 없어.

글쎄, 한 30~40년은 더 살아보고 얘기해야 할 일인지도 모르겠지만 아빤 엄마에게 완벽한 사람이라는 걸 한 번도 의심해 본 적이 없어.

아빠와 만났을 때 엄마는 너무나 많은 일로 닫혀 있는 사람이었어. 사랑이 떠나가고, 부모님이 돌아가시고, 이리저리 방황을 하며 다시는 다치지 않겠다고 마음의 문을 굳게 닫아버린 때였지.

그때 아빠는 참 조심스럽게도 엄마에게 다가왔던 걸로 기억해. 그리고 내가 다시 마음의 문을 열게 만들기까지 오랜 시간 동안 내 옆에 있어줬지……. 내가 갈망하는, 온전히 마음을 다하는 사랑. 난 그걸 잊어버리고 있었는데, 아빠는 나에게 그 사랑을 보여줬어.

그래, 엄마는 참으로 운이 좋은 사람이지. 그런 사람을 만날 수 있다는 건 적당한 행운으로는 될 수 없는 거니까.

너희 아빠는 대화하는 데 아주 탁월한 재능을 가졌어.

어떤 사람이든 그와 얘기하면 30분 이상 이런저런 소재로 한참을 얘기할 수 있을 거야. 상대방이 멀리 떨어져 있는 나라에서 온 전혀 엉뚱한 언어를 사용하는 사람이라 해도 아빤 그의 말을 상상해 가며 이야기할 수 있을 거야. 상대를 잘 읽을 수 있는 판단력과 그의 얘기를 완벽하게 들어줄 수 있는 경청의 자세, 그리고 적당히 치고 들어가는 추임새가 완벽히 조화를 이루거든.

우리가 두 시간이고 세 시간이고 쉬지 않고 얘기할 수 있는 것도 그 때문이야. 그래서 주말 브런치를 먹을 때면 한참을 식탁에 앉아 얘기하다가 낮 시간을 다 보내버리곤 해.

어떤 사람이 묻더라.

"둘이서 영어로 얘기해? 자기, 그렇게 두세 시간 얘기할 정도로 영어 잘해?"

난 이 질문에 웃었어. 물론 지금도 완벽한 영어 실력을 가지고 있진 않지만, 그때의 내 영어는 정말 형편없어서 아빠가 나의 말을 이해하는 게 너무 신기할 정도였으니까. 어떤 사람이 엉뚱한 언어로 얘기를 해도 네 아빠가 이해할 수 있으리란 생각은 예전에 엄마가 그 엉뚱한 언어로 얘기하는 사람이었기 때문이야. 그렇게 아빠는 엄마에게 사람과 대화를 나누는 법을 보여줬어. 알지 못해도 이해하려고 하는 의지에서 그 사람의 대화 기술은 있는 것 같아.

아빠를 닮았다면 아마 너도 이야기꾼이겠지.
설사 이야기를 잘하지 못한다 할지라도 아빠처럼 경청의 눈을 가진 사람일 거라는 건 확신해.

이다음에 네가 배우자를 만날 땐 함께 오래 대화할 수 있는 사람을 만났으면 좋겠어.
일상의 일들과 너의 생각을 그 사람 앞에 펼쳐놓았을 때, 그 대화를 잘 포개고 접어서 마음으로 간직할 수 있는 사람. 그리고 자신의 생각도 자연스럽게 펼쳐 보여줄 수 있는 용기가 있는 사람. 네 자체를 보여주어도 거부감 없이 받아들일 수 있는 그런 사람 말이야.

같은 생각으로 한 곳을 바라보는 건 사실 불가능해.
하지만 다른 생각을 하고 있다는 걸 이해하면서 한곳을 바라보는 건 조금 쉽지.

오랫동안 한곳을 바라보면서 대화할 수 있는 사람.

그런 영혼의 파트너를 줄리도 꼭 찾길 바라.

세상의 모든 엄마에게 박수를

§

육아.

나 하나만을 돌보던 내가 다른 하나를 더 추가해서 돌보는 일.

세안을 하고 양치를 하고 밥을 먹고 화장실에 가고 목욕을 하고 무언가 재미있는 놀이를 찾는 하루의 일과들이 더블이 되는 것.

나 하나 간수하기도 힘든데 다른 누군가를 끊임없이 돌보아야 하는 것.

세안을 하고 나면 아이를 씻겨줘야 하고, 양치질을 한 후 아이 이를 닦아줘야 하며, 나는 대충 먹던 삼시세끼도 아이 입맛에 맞게 챙겨야 하고, 내가 화장실에 가는 시간보다 더 길게 아이의 기저귀를 갈아줘야 한다. 저녁 목욕도 아이와 내 것 두 번.

내가 즐기는 일들을 하기 전에 아이가 즐길 수 있는 일을 찾아주어야 한다.

어떤 날은 내 것을 챙기지도 못하고 아이의 것만 챙기다 이것이 나의 삶인지 아이의 삶인지를 모른 채 하루가 지나기도 한다.

아이가 둘이면 더블이 트리플이 되고, 아이가 셋이면 네 사람 몫을 챙겨야 한다. 거기에 남편까지 합류해서 아이들 대열에 끼어들면 더 힘들어질 수도 있겠다.

냄새 나는 화장실에서 숨도 못 쉬던 내가 아이 똥냄새를 맡으며 건강을 확인하고, 꾸벅꾸벅 졸면서도 젖을 물리며, 아무리 화가 나도 표현해선 안 되는 인내심도 배운다.

그런 힘든 육아를 실천하고 나보다 아이의 것을 챙기고 열정을 쏟다 보면 나도 모르게 내가 이 아이를 얼마나 사랑하는지 깨닫게 된다.

주는 사랑이 받는 사랑보다 더 크다는 것을 알게 되고 성숙한 마음으로 사랑하는 법을 배운다.

육아란 자신을 버리고 사랑하는 법을 배우는 것.

그러니 세상 모든 엄마는 훌륭한 사람들이다. 나보다 누군가를 더 사랑할 수 있는 사람들.

우리가 엄마를 그렇게도 마음 깊이 새기는 이유는 나 자신보다도
날 더 사랑해 주는 존재이기 때문이다.

세상의 모든 엄마에게 박수를 보낸다.

그리고 오늘 내 손에도 촛불 하나를 들었다.

잘해 왔다고 칭찬해 주고, 내가 아름다운 사람임을 되새기려 한다.

행운아

§

건강 검진을 마치고 집에 돌아온 후로 두 시간째 이불 속에 파문혀 있는 중이다.

병원에서 홑겹 가운 하나 달랑 입은 채 에어컨을 어찌나 세게 틀어 놨는지 벌벌 떨며 간호사가 시키는 대로 오전 내내 여기저기 불려 다녔더니, 부실해진 몸이 이불 속에서 나오려고 하질 않는다.

앓아 누운 마누라가 안쓰러운 보리스는 이불 위로 나를 다독거려주고, 줄리는 계속 미소 천사처럼 웃으며 키스 백만 번을 내 얼굴에 쏟아부었다. 수영장에 가기 전, 둘은 나를 위해 모기 쫓는 스티커까지 이불 위에 붙여주고 나갔다.

추운 몸을 녹이며 창으로 햇살이 쏟아지는 걸 무심코 바라보았다.

'아, 어떤 날에 오늘을 행복했다고 기억할 테지……'라고 생각하는 순간, 추억 속에 빠져들었다.

이유는 알 수 없다. 마누라 다독거려주는 착한 남편과 키스 백만 번을 해주는 착한 딸을 두고 옛 연인들이 기억으로 하나 둘씩 밀려 왔다 쓸려 나간다.

군대 간 남자 친구가 보고 싶어 늦은 밤 차를 몰고 춘천으로 가던 밤 풍경과 겨울밤 컴퓨터 앞에 앉아 이젠 만나지 말자는 힘든 편지를 쓰던 나. 깔깔거리며 누군가의 무릎 위를 데굴거리던 그날들. 만날 수도 없으면서 혹시나 하는 맘에 예쁘게 치장을 하고 하루 종일 그가 나타날 법한 곳을 거닐던 그곳이 아른거리며 유리창의 햇살과 오버랩된다.

사랑했던 기억들, 아쉬웠던 순간들을 생각하다 보니 이불 속에 묻혀 있던 내 몸이 서서히 따뜻해져 왔다.

예전의 연애 기억들은 그것이 남편이건 혹은 다른 남자이건 한 편의 긴 로맨스 영화처럼 마음을 따뜻하게 만들어준다. 오늘은 상대방의 마음을 잘 읽지 못한 우둔했던 나의 옛 모습이 떠올라 혼자 피식 웃기까지 했다.

연애를 많이 해보는 건 인생에서 가장 아름다웠던 시간의 추억을 많이 갖게 되는 일일 수도 있겠다.

사랑은 사그라졌지만 사랑했던 기억들은 남아 있기에. 그 끝이 아쉬웠던, 지우고 싶었던 간에 모든 사랑했던 순간만큼은 아름다웠으니.

그 아름다웠던 옛 기억들을 떠올리다 보니 방금 나를 토닥거려주고 나갔던 남편에게 아주 약간 미안한 마음이 들기도 한다.

그래도, 그저 이렇게 잠시 기억 속에 젖어 있다 다시 나오면 된다. 나의 삶은 남편을 만나기 전에도 존재했으니. 여러 사람을 거쳐 가며 사랑하는 방법을 배웠고 좀 더 성숙해져 지금의 남편을 만났으니 어쩌면 남편이 나의 지나간 남자들에게 고마워해야 할 일인지도 모르겠다.

생각해 보면 이런 나의 개방적(?) 성격과 생각에 맞게 보리스를 만난 건 참 다행스러운 일이다. 과거에 대한 이야기를 굳이 말하려고도 하지 않지만, 누군가 물어본다거나 말해야 할 상황이 생기면 거리낌 없이 솔직히 말하는 편인데, 보리스는 이런 것들을 자연스럽게 받아들여준다.

내가 알던 남자들은 질투가 많았다. 사랑하지만 서로를 가질 수 없는 존재라는 걸 잊어버리곤 상대방의 기억마저도 소유하고 싶은 마음에서 모든 것이 삐걱거리기 시작했다. 그렇게 몇 번의 사랑에 실패하고 나서는 서로의 존재를 인정해 줘야 비로소 편하게 사랑할 수 있다는 것을 아는 조금 더 성숙한 사람을 만나고 싶었다.

그리고 지금의 그를 만났다.
여러 사랑에 실패하고 이젠 누군가와 진정한 사랑을 하고 싶다고 마음먹었을 때, 그때서야 그가 보였다.

내가 세상에 태어나서 가장 잘한 일이 있다면 그건 아마도 그를 택한 일일 것이다.
그는 현명하며, 순수하고, 옳은 일을 할 줄 알며, 깨어 있는 사람이다.
남에게 피해를 주지 않으려 노력하며 나처럼 감정의 기복이 크지 않아 객관적이면서도 남을 배려할 줄 안다.
게다가 아직도 소년의 마음을 가지고 있다. 나이가 들어도 내 옆에서 이야기를 귀담아들어 주고 함께 웃고 울어줄 수 있는 사람이다.
가장 크게 환호해 주고, 가장 크게 웃어주는 사람.

이런 사람과 평생을 함께할 난 행운아임에 틀림없다.

아팠던 몸이, 갑자기 불쑥 기운이 난다.

슬슬 일어나 간식거리 챙겨 들고 보리스와 줄리가 있는 수영장으로

가봐야겠다.

노력하는 것만큼 갖지 못하기도 한다

§

요가를 하다 갑자기 울음이 터져버렸다.

부상이 생긴 이후로 요가를 그만두어야 한다는 의사의 진단을 받았다. 특히나 거꾸로 서는 '머리 서기' 같은 동작은 이제 꿈도 꾸지 말라고 하면서.

그날도 여느 날처럼 요가 수련을 마치고 집으로 가는 길이었다. 갑자기 팔다리에 저림 증상이 심해지더니 걷는 걸음걸음마다 강한 전기 스파크가 오고, 심지어는 발을 디딜 수 없을 정도로 감각이 없어져 길 한복판에 주저앉아 버렸다.

병원을 찾았다. 뼈와 신경에 문제가 있는 것 같다기에 MRI를 찍고 관찰해 본 결과, 남들보다 등쪽 뼈의 공간이 적다는 진단을 받았다.

선천성일 수도 있지만 의사의 소견으로는 보통 성장기 때 책상 앞에서 공부를 많이 하거나 그림을 많이 그린 학생들이 운동 부족으로 오는 후천성 증상일 수도 있다고 했다. 또 이렇게 성장기 때 이미 뼈 공간이 적어진 상태로 어른이 되어서 운동을 많이 하면 뼈와 뼈 공간에 있는 신경이 눌려 조금씩 마비 상태가 올 수도 있다고 했다. 어떤 사람들은 이런 골격의 문제가 요가나 스트레칭을 하면서 이완이 되지만 나 같은 경우는 그 반대라고 한다.

요가 선생인 나에게 요가를 포기하라는 진단이 내려졌다. 세상에서 가장 좋아하는 한 가지를 내려놓으라는 소리나 다름없었다. 가르치던 요가 스튜디오에 사정을 이야기하고 수업을 그만두었다. 언제라도 다시 돌아오라는 그들의 말에 약속을 지킬 수 없을 것 같아 아무 대답도 하지 못했다.

의사의 말처럼 일상생활 속에서도 뒤로 젖히는 동작을 줄이고 요가 대신 산책 시간을 늘려나갔다. 그렇게 6개월의 시간을 보내고 나니 아프던 등쪽의 통증이 사라지고 손 저림 증상이 서서히 줄어들기 시작했다.

그 6개월의 시간 동안 나의 몸을 유심히 관찰했다. 어떤 동작을 했

을 때 증상이 생기는지를 골똘히 생각해 보니 요가를 다시 할 수 있을지도 모른다는 한 줄기 희망이 보이기 시작했다.

요가 선생이었고 그 동작이 어느 골격과 근육에 연관이 되는지를 공부했던 사람이니 증상이 심해지는 동작만 피하면 되지 않을까. 해부학 책을 다시 펼쳐놓고 좀 더 자세히 공부하기 시작했다.

뒤로 몸을 무리하게 젖히는 백 밴드나 척추를 누르는 머리 서기 자세, 지나치게 한쪽 다리를 앞으로 당겨 척추에 영향을 주는 런지 자세, 중간 척추에 무리를 주는 업도그 같은 자세들을 먼저 제외하기로 했다. 하나씩 제외하다 보니 할 수 있는 자세는 그리 많지 않았다. 아니, 할 수 있는 자세가 남아 있다는 것만으로도 감사했다.

조금씩 요가를 다시 시작했다. 그리고 내 예상은 들어맞았다. 몸이 아프지 않았다. 오히려 굳은 몸이 서서히 풀려가는 느낌이었다. 어느 정도 자신감이 생기면서는 아주 느린 동작으로 천천히 몸을 관찰하며 하지 못하던 자세들도 하나씩 도전했다. 동작을 이어 가면서도 조금이라도 무리가 온다 생각되면 억지로 내 몸을 예전처럼 떠밀지 않았다. 포기할 것은 포기하는 게 더 현명하다는 걸 그만큼의 부상으로 배웠으니.

1년의 시간이 다시 흘렀다. 아직도 할 수 없는 자세는 많지만 예전보다는 할 수 있는 자세가 훨씬 많아졌다. 학생들에게 자세와 테크닉을 쉽게 가르치던 내가 지금은 가장 쉬운 초보 클래스에서 남들보다 더 어렵게 동작 하나하나를 익혀간다.

그렇게 또 겸손을 배운다. 오늘 하지 못하는 동작은 내일 다시 도전해 보고, 안 되면 그다음 날은 되겠지 하며 나를 타일러본다.

어제도 그랬다. '내일은 좀 더 나아지겠지.'
그런데 오늘은 어제까지도 쉽게 해내던 자세가 다시 너무나 어렵다.
눈물이 나오기 시작했다.
'아무리 노력해도 쉽게 가질 수 없는 것도 있구나.'
요가 매트 위로 뚝뚝 떨어지는 눈물을 팔꿈치로 닦아내다 끄억끄억, 가슴에 뭉쳐두었던 것이 폭발했다.

여지껏 공들였던 나의 노력이 나를 더 힘들게 하는 순간. 아무리 노력해도 가질 수 없는 것.
그래도 난 긍정적인 사람이니까 노력해도 가질 수 없는 것보다 노력보다 더 많이 얻은 것을 생각해 본다.
가질 수 없는 것들이 있어, 가지고 있는 것들이 소중해지는 거니까.

멋진 요기들처럼 뒤로 허리를 젖히거나 거꾸로 서는 아름다운 동작들은 이제 할 수 없지만 나에게 필요한 동작이 무엇인지는 잘 알게되었으니, 내 몸이 원하는 동작으로 나의 아침을 깨워주면 된다.

부상이 생기면 더 배우는 것이 많다며 나를 위로해 주던 내 요가 지도자의 말씀처럼 내가 잃은 것만큼이나 배운 것도 많았다.

글을 쓰며 배운다

§

예전부터 수필가가 되고 싶었다. 글 쓰는 걸 좋아하나 소설가들처럼 스토리를 만들고 상상해 나가는 일은 내 능력 밖의 일이다. 시를 쓰는 것도 좋아하지만 지나치게 낭만주의자로 비칠 것 같다. 작은 일상을 써나가는 수필이 나에게 맞는다.

글을 쓰며 마음의 평화를 찾기도 한다. 명상을 막 끝낸 요기처럼. 하지만 어떤 날은 글을 쓰다 마음 깊은 곳의 상처가 올라와 악몽이 되기도 한다. 잊고 있던 옛날 일들을 생각해 내면 마음이 따뜻해지기도 혹은 가슴속 깊은 곳에 잠자고 있던 슬픔들이 슬금슬금 올라오는데, 어떤 슬픈 날은 훅 한 번 울어버리고 다시 가벼운 마음으로 돌아오지만 또 어떤 날은 그 슬픔의 무게가 하루를 누르는 적도 있다.

그래도 마음속의 일들을 정리해 놓고 보면 슬플 때보다 즐거운 날이 훨씬 많다. 사랑했던 기억들과 아름다운 세상 이야기를 적어나가다 보면 나를 둘러싼 것들을 다시 한번 바라보고, 그것들이 얼마나 아름답고 고마운 것인지를 또 한 번 느끼게 되니까. 아침에 글을 쓰고 소녀처럼 들뜬 마음으로 하루를 보냈던 수많은 보석 같은 날들이 내겐 있다.

게다가 글을 쓰는 순간에는 나에게 무언가 지식인다운 면모가 있는 듯하여 어깨가 으쓱해지기도 한다. 내가 쓰는 글이 전혀 지식인답지 않은 것이어도 말이다. 잠시 주부로서의 일상을 벗어나는 도피처가 되어주니 그것으로 충분하다.

글을 쓰는 주제는 그때그때 머리에서 생각나는 대로 적어나가는데, 가끔은 길을 걷다가 혹은 집안일을 하다가 무언가 쓰고 싶은 일이 생길 때 쓰고 싶은 주제를 메모해 두는 편이다. 메모할 여유조차 없을 때는 머릿속으로 기억해 두려 애쓰곤 하는데, 기억력이 좋은 편이 아니라 대부분은 생각이 나질 않는다. 몇 번 애써 기억해 보려 하다가 생각이 잘 나지 않으면 언젠가 다시 생각이 나겠지 하며 놓아둔다.

여러 개의 글을 쓰면서 한 가지 알게 된 사실은 따뜻하고 희망적인 글들은 아침 나절에, 조금 슬펐던 기억의 글들은 늦은 오후나 밤에 썼다는 것이다. 아침, 저녁으로 나의 마음이 이리 바뀐다는 것도 글을 쓰며 알게 된 것이니 글을 쓰며 내 자신에 대해서 배우기도 한다.

무심코 써 내려간 글을 바라보다 내가 원했던 것이 혹은 내가 원하는 것이 무엇이었는지 종종 발견하기도 하는데, 내 자신이 원하는 것이 무엇인지도 모르는 나에겐 덤으로 떨어지는 선물 같은 것이다.

나를 위해 써놓은 글을 누군가에게 부끄럽게 보여주었을 때 글이 좋다는 칭찬을 받으면 어린아이처럼 기쁘다. 뭐, 글을 읽은 사람이 당사자 앞에서 '글이 왜이래?'라는 말을 하지는 못하겠지만, 그렇게 억지로라도 듣는 칭찬에 자꾸만 입꼬리가 말려 올라간다.

글을 쓸 때 따뜻한 커피를 한 잔 옆에 놓고 끄적끄적거리는 일은 더없이 좋다. 향초까지 피워놓으면 커피 냄새와 섞여 글 쓰는 마음을 따뜻하게 데워준다. 언젠가부터 커피를 자제하기 시작해 요즘은 커피 대신 허브차를 옆에 두고 글을 쓴다. 커피든 허브차든 무언가 따뜻한 것이 품어내는 향기는 글을 쓰는 사람에게 힘이 된다.

해가 뜨기도 전에 눈이 떠지고 다시 잠이 들지 못할 때도 차 한 잔 끓여 와 식탁에 앉아 글을 쓴다. 한동안 글을 써 내려간 후 명상처럼 마음을 정리하고 아침을 먹는 것도 나쁘지 않다. 어제와 별다를 것 없는 하루이겠지만 오늘 일어날 소소한 일상을 기쁜 마음으로 기대하며 조금 더 고마운 마음으로 하루를 맞이하는 듯해서 좋다. 일 관계로 사람을 만나는 것도, 아이들과 시간을 보내는 것도, 부엌데기처럼 하루 종일 요리를 하고 장을 봐도 이 시간이 소중하고 행복하게 느껴지는 것은 어쩌면 글쓰기의 힘이다. 이 소소한 순간들이 한참 후 가장 행복했던 순간의 기록으로 남을 거라는 걸 알기 때문이다.

부수적인 작은 일들로 삶에서 가장 아름다운 것들이 무엇인지 잊어버릴 때가 종종 있다. 사랑하는 사람과 함께하는 이 순간들이 행복인 줄 모르고 무언가 더 바라고 땡깡쟁이가 되는 순간들. 욕심이 앞서는 순간들.

삶에서 가장 중요한 것들은 그런 게 아니라고, 세세한 것을 좇느라 중심을 잃어버리지 말라고. 건강, 가족의 행복, 아름다운 사랑을 작은 욕심들로 망각하지 말라고.

글을 쓰며 배운다.

마음속 생각을 글자로 내놓는 일, 그리고 내 마음을 정리해 나가는 일. 글을 쓰는 일은 죽을 때까지 놓고 싶지 않다. 글은 나에게 명상이 되어주니까. 그리고 때로는 가장 행복했던 시간들로, 때로는 슬펐던 시간들로 시간 여행을 시켜주니까.

그래서 내 인생이 더 섹시해지니까.

내리사랑

§

월요일 아침, 여벌 교복 하나를 더 넣으라는 걸 체육복으로 착각했다. 그걸 보고 줄리가 "칫" 하더니 툴툴댄다.

"미안, 엄마가 실수했네. 근데 엄마도 사람인데 모르는 게 있는 게 당연하지. 줄리가 알면 엄마한테 친절히 가르쳐줘. 줄리 아기 때 엄마가 가르쳐줬듯이, 이제 줄리가 엄마보다 아는 게 더 많아질 거야."

학교에 보내고 나니 자꾸 예전 엄마 생각이 난다.

'나도 그랬었지.'

부모님을 잃고 나서 가장 그리운 것은 땡깡을 부리는 일이었다.

늘 착하고 바른 사람이어야 하는 '착한 언니', '착한 친구', '착한 아내'에서 벗어나 내가 못된 사람이 돼도 날 받아줄 수 있는 단 한 자리가 '못된 딸' 아니겠는가.

내가 조금 흐트러지고 이성적이지 않아도 되는 유일한 자리.

난 줄리와 이안이에게 그런 사람이 되어주어야 하는 것이다.
내 부모님이 날 한없이 사랑해 줬던 걸 나의 아이들에게 돌려주어야
한다.

"엄마 싫어"라고 말해도 "네가 날 싫어해도 엄만 널 너무 사랑해"라
고 말하면 된다. 그냥 끊임없이 너를 사랑한다고 말해 주면 된다. 어
딘가에서 잘못을 하고 절망하더라도 끊임없이 자신을 사랑해 주고
안아줄 사람이 있다고 생각할 수 있도록, 그래서 험한 인생길에 쉬
어 갈 수 있는 곳이 되도록.
너희들의 인생이 빛나지 않아도 괜찮으니 염려하지 말라고 말해 줄
것이다.

내가 할 수 있는 만큼 사랑할 테니 가져갈 수 있는 사랑을 모두 받
고 너희도 사랑할 수 있는 사람으로 커 나가라고. 그리고 나에게 이
사랑을 갚을 필요는 없다고, 이미 네 할아버지와 할머니가 다 지불
하고 가셨다고.

선의의 거짓말

§

학교에서 이안이가 철학에 대해 배우기 시작했다. 학교 선생님의 알림장에 집에서 아이에게 거짓말이 생활 속에서 필요할 수도 있다고 생각하는지 물어보라고 써 있었다.

"이안아, 거짓말을 하는 건 나쁜 거지?"

"응."

"근데 거짓말을 어쩔 수 없이 해야 하는 경우도 있을까?"

"응, 많아, 주변에."

"어? 정말 주변에 많아? 어떨 때 거짓말을 해야만 하는 거야?"

"슈퍼 히어로들은 평범한 사람인 척하면서 자기가 슈퍼 히어로가 아니라고 하잖아. 배트맨이나 슈퍼맨을 봐."

이안이의 주변을 둘러보니 배트맨과 슈퍼맨, 헐크, 어벤져스 등 온 갖 영웅이 함께 있었다.

이 아이, 선의의 거짓말이 무언지 누구보다 잘 알고 있다.

줄리랑 이안

§

줄리랑 이안이 둘이 티격태격 싸우다, 줄리가 말한다.

"엄마, 이안이가 이렇게 해서 난 이리로 갔고 근데 이안이가 또 나한테 와서 이렇게 하는데."

온몸을 써가며 동생이 자신에게 어떤 잘못을 했는지를 하소연한다.

"응, 알았어. 알았어, 줄리야. 이안이는 누나한테 조심 좀 하고……."

나름 중재를 잘했다고 생각하고 돌아서는데 줄리가 울음을 터트린다.

"줄리, 이안이한테 화가 많이 났구나?"

"아니야, 엄마 때문이야. 엄마는 왜 내가 이안이 얘기를 하면 그냥 다 알았다고 해. 자세히 듣지도 않았잖아."

물방울이 가득 고인 두 눈도 엄마는 왜 그랬느냐고 묻는다.

'아, 내가 너무 쉽게 생각했구나. 이제 조금씩 사춘기가 시작되어 예

민할 나이인데 아직도 아기라고만 생각했구나.'
무언가 아이에게 이해될 만한 답변을 찾다가 그냥 내가 느꼈던 마음을 전해 보기로 했다.

"줄리야, 엄마는 줄리의 엄마이기도 하지만 이안이의 엄마이기도 하잖아. 줄리가 속상하고 화나는 건 엄마가 충분히 이해해. 사실 아까 줄리가 이안이 잘못을 엄마한테 이야기할 때 엄마 눈하고 이안이 눈하고 마주쳤어. 그때 줄리도 많이 속상해했지만 줄리가 이안이 나쁘다고 말하는 동안 이안이도 많이 속상해하는 게 엄마 눈에 보였거든. 둘 다 상처받고 속상해하는 게 싫어서, 줄리가 엄마한테 하는 얘기를 빨리 들어서 둘의 속상한 마음을 빨리 지워주려 했지. 근데 그게 줄리한테는 기분 나쁘게 느껴졌나 보다. 엄마, 좋은 엄마 하려고 그랬는데 나쁜 엄마였네. 엄마가 더 노력해야겠다. 엄마는 잘하고 싶은데……."

속상한 표정을 지으며 설명을 하니 아이도 괜히 미안해졌는지 울음을 멈추고 가만히 듣다가 다시 묻는다.
"근데 엄마는 솔직히 내가 이안이보다 더 좋지?"
빨개진 눈이 이번엔 진실을 알고 있다며 고백해 보라 말한다.

"엄마는 줄리도 이안이도 다 똑같이 좋아. 둘 다 너무, 아주 많이 좋아."

늘 똑같은 레퍼토리에 살짝 실망했다는 듯한 표정으로 돌아서더니, 다시 다가와 내 손을 꼭 잡는 아이.

'아, 부모의 마음이 이런 거구나. 우리 부모님도 그랬겠구나.'
어느 한쪽에도 기울어지지 않아야 하는, 한쪽의 마음을 읽는 동시에 다른 한쪽의 마음을 읽어야 하는.
늘 공정하게 판단해서 너는 나빠, 너는 잘했어라고 말할 수 없는 사람이 부모인 것을 부모가 되어서야 깨닫는다.

"엄만 왜 언니들 생각만 해?" 하고 말하던 그때. "아휴, 내가 어떻게 해야 하니?"라고 한숨을 크게 쉬며 대답하던 지난날의 엄마 모습이 생각나 또 뭉클해진다. 그때의 엄마는 꼬치꼬치 따지는 내 질문에 당황해서 아무 말도 못 했었구나.

난 오늘처럼 솔직한 마음을 아이에게 보여줘야겠다고 결심했다.
오해가 쌓이기 전에 먼저 입을 열어 엄마는 언제나 너희 곁에서 사랑을 주는 사람이라고 끊임없이 알려줘야겠다.

레드베리 소르베

§

웬만하면 아이스크림은 입에 대지 않으려 노력한다. 채식 생활을 시작한 이후로는 더더욱.

그래도 바캉스 기간인데 아이스크림 하나 못 먹고 집에 돌아가면 서운할 것 같아 크림이 없는 간단한 소르베 하나를 먹기로 했다. 소문난 이곳 비키네 아이스크림 집을 코앞에 두고 아이스크림을 안 먹고 여름을 보냈다면 너무 재미없는 사람일 테니까.

지나치게 신맛이 날 것 같아 레몬 맛은 피하고, 싱가포르에서 온 사람에겐 코코넛은 너무 이국적이지 않아 레드베리 맛으로 골랐다. 남편은 피스타치오, 줄리는 버블검, 이안이는 초콜릿 맛을 줄곧 고른다.

그들은 프랑스인답게 뭐 하나가 좋으면 굳이 다른 걸 시도하지 않는 스타일이다.

나? 난 한국인답게 그때마다 이것저것 시도해 보나 잘 찍는 스타일이라고 해야 할까?

오랜만에 골라본 레드베리 소르베 맛이 너무도 훌륭해 아이처럼 자랑이 하고 싶어졌다. 남편과 아이들을 꼬드겨 맛을 보게 한다. 고집 센 이안이는 엄마 부탁을 단호히 거절하고, 늘 날 귀엽게 봐주는 남편이 제일 먼저 입을 댄다. 남편은 엄지손가락을 치켜들어주고 다시 두세 입을 빠른 속도로 베어 간다. 줄리는 맛을 보자마자 다음엔 레드베리를 먹겠다며 잔뜩 흥분한다.

단번에 제일 맛난 아이스크림을 고르다니 대충 찍은 시험 문제에 운 좋게 정답을 맞힌 아이처럼 기쁘다.

소르베를 입에 델 때마다 잭팟 기계에 동전 떨어지는 소리를 듣는 듯하다.

제 것을 다 끝낸 줄리가 엄마 거를 자꾸만 쳐다본다. 선심을 내어 반 남은 소르베를 줄리에게 건넸다. 동그란 두 눈이 더 동그래지더니 마냥 행복한 웃음을 짓는 아이.

너도 잭팟 동전 소리가 들리는구나. 동전 마구 떨어진다, 줄리야. 인생이 별거 있겠니? 이렇게 잭팟 소리 들어가며 살면 되는 거지. 동전 떨어질 때마다 주머니 가득 넣어가며.

아이가 흘리는 웃음소리에 내 입안 가득 베리 향이 번진다.
아, 난 늘 왜 이리 운이 좋은 걸까…….

나에게 찬란함이란

§

토요일이던 어제는 아이들과 오후 시간을 함께 보냈다. 점심시간을 빼놓고는 하루 종일 함께 모노폴리 게임에, 닌텐도에, 책도 읽고. 그 전날인 금요일 오후에는 함께 도서관에 갔다가 전시회도 보고, 농구도 하고, 수영도 했다.

보리스와 나는 아이들이 학교에서 돌아오면 되도록 아이들의 스케줄에 맞춰 함께하려 한다. 자기 생활을 모두 버리고 애들한테 매달려 의지하는 게 아니라, 생각보다 빨리 커가는 아이들과 함께할 수 있는 시간을 놓치지 않기 위해서다.

사실상 아이들과 함께 보낼 수 있는 시간은 우리가 생각하는 것보다 훨씬 적을 수도 있다.

아홉 살, 일곱 살인 줄리와 이안이는 3~4년 후쯤엔 사춘기가 되어제 친구들과 함께 지내기 바쁠 테고, 5~6년 후엔 입시 준비로 엄마 아빠와 놀 시간은 더더욱 없을 것이며, 8~9년 후엔 아마 독립을 하겠다고 집을 나설 수도 있겠다. 그렇게 생각해 보면 내가 아이들과 진정으로 함께 보낼 수 있는 시간은 불과 3~4년이다.

뒤를 돌아보면 나 또한 성인이 된 이후엔 부모님과 많은 시간을 보낸 기억이 거의 없다.

우리 아이들도 나와 별반 다르지 않을 테니 친구와 함께 보낼 시간, 연인과 만날 시간에 부모가 비집고 들어갈 시간은 많지 않을 것이다.

나에게 할애되어 있는 이 짧은 시간은 어쩌면 내 인생에서 가장 의미 있고 행복한 시간으로 기억될 수도 있겠다. 그러니 놓치지 않으려 한다.

이 시간은 아이들을 위한 시간이라기보다는 내 자신을 위한 시간이라고 해야겠다.

여행을 함께 자주 하려는 이유도 그래서다.

함께 꽁꽁 붙어 있으려고, 그리고 더 많은 추억을 함께 만들려고. 우리 넷이 같은 풍경을 보고 같은 음식을 먹고 같은 곳에서 잠을 깨는 이 행복한 시간들을 꽉꽉 채우려고.

오늘은 내가 사춘기 때 좋아하던 록 음악들을 아이들과 함께 들었다. 스키드 로의 「I remember you」를 몇 번 듣더니 아이들은 이미 가사를 거의 외운 듯하다. 어릴 적 달달 외우던 그 노래를 이젠 후렴구를 제외하고 모두 잊었는데, 몇 번 듣고는 가사를 모두 외어버린 스펀지 같은 아이들의 두뇌가 부러울 따름이다. 내가 부르지 못하는 부분들은 아이들이 대신 불러주고 후렴구는 함께 부른다.

사춘기 시절에 이 노래를 부르며 먼 훗날 내가 이렇게 나의 아이들과 함께 부르게 될 거라고 상상이나 했던가?

내가 사랑하던 것들을 아이들이 사랑해 주면 이렇게나 흐뭇하고 행복하다.

그러니 아이들이 사랑하는 것들도 내가 함께 즐기면 아이들도 나처럼 행복할 거다.

아이들의 공간에, 아이들의 놀이에 함께 어울릴 수 있는 엄마가 되어보려 한다.

아이들이 학교에 가면 혼자만의 시간이 있어 기쁘고, 아이들이 학교에서 돌아올 땐 사랑하는 사람을 만나러 가던 길인 양 아직도 설렌다.

버스에서 내린 아이들이 "엄마!" 하며 두 손 벌려 뛰어오는 것만큼 나에게 아름다운 순간은 없다.

하루하루가 찬란한 순간이다.

지금 나는 사랑하는 사람과 가장 행복한 시간을 누리고 있다.

살 만한 이유

§

강북을 더 좋아한다.

자전거를 좋아한다.

시장통 할머니의 짜증을 좋아한다.

비좁은 골목길을 좋아한다.

틈새에 핀 풀꽃을 좋아한다.

된장찌개 끓는 소리를 좋아한다.

주머니 속 짤랑거리는 동전을 좋아한다.

달동네를 좋아한다.

힘겹게 새어나오는 저 불빛들을 좋아한다.

현실과 낭만을 구분하지 못하는 나를 좋아한다.

힘들었던 시절엔 그런 마음이 있어 살 만했다.

나에게 타고난 장점이 있다면 그건 아름다움을 찾는 나의 눈일 것이다.

어려워도, 불공평해서 화가 나도 주위에 아름다운 것들이 보석처럼 빛났다.

웃음이 났고 행복했다. 그래서 살 만했다.

살림을 하는 일이 좋습니다.

모델 일로 바쁘던 20~30대에는 이곳저곳 떠돌아다니는 직업 말고 매
일 한곳에 출근해서 매일 같은 하늘을 바라보며 살고 싶다고 늘 말했
었어요. 오늘은 비가 오네, 오늘은 바람이 부네 하면서요.

그러고 보면 제 꿈은 이루어진 것이나 다름없네요.

매일 신선한 재료를 찾아 식구들의 건강한 먹거리를 만들고, 매일 저
녁 아이들과 남편의 웃음을 보는 일이 좋습니다.

친구들을 만나 근사한 레스토랑에서 식사를 하고 수다를 떠는 일보
다 집에서 새로운 요리를 연구하고 책을 읽는 일을 더 좋아하는 편이
에요.

이렇게 소소하게 사는 것이 좋습니다.

오늘은 시장 가방을 들고 집을 나서는데 옆집에 사는 분이 비가 올 것
같다며 괜찮겠느냐고 물어보더라고요.

하늘을 보니 먹구름이 몰려옵니다.

"노프러블럼!" 씩씩하게 대답하고 걸어 나오는데, 기분이 정말 좋았
어요.

비가 오면 잠시 어딘가에서 예쁜 비를 바라보며 쉬어 가면 되고, 그것

도 아니면 비를 조금 맞으며 걸어도 상관없으니까요.

이렇게 여유로운 마음이 든다는 게 행복합니다.

비가 오기 전 솔솔 불어오는 시원한 바람을 맞으며 걸어가는 게 매일

있는 일은 아니니 또 마음껏 누리며 걸어가는 거죠.

소소하게 찬란하게

초판 1쇄 발행 2020년 2월 10일
초판 8쇄 발행 2022년 10월 31일
지은이 오지영
펴낸이 안지선

편집 박정은
디자인 석윤이
교정 신정진
마케팅 최지연 김재선
제작 투자 타인의취향
제작처 상식문화

펴낸곳 (주)몽스북
출판등록 2018년 10월 22일 제2018-000212호
주소 강남구 학동로9길13 201
이메일 monsbook33@gmail.com
전화 070-8881-1741
팩스 02-6919-9058

ISBN 979-11-969465-0-0 03800
이 도서의 국립중앙도서관 출판도서목록(CIP)은 서지정보유통지원
시스템 홈페이지(http://seoji.nl.go.kr)와 국가자료공동목록시스템
(http://www.nl.go.kr/kolisnet)에서 확인하실 수 있습니다(CIP 제
어번호:CIP2020003565)

mons (주)몽스북은 생활 철학, 미식, 환경, 디자인, 리빙 등 일상의 의미와 라이프스타일의 가치를 담은 창작물을 소개합니다.